MW01519014

Arnaud Cathrine

Sweet home

Gallimard

Arnaud Cathrine est né en 1973. Il est l'auteur de huit romans, dont *Les yeux secs*, *La route de Midland*, *Les vies de Luka*, *Faits d'hiver*, ainsi que d'un recueil de nouvelles, *Exercices de deuil*.

Pour Christine

« Ce n'est pas dans un monde malheureux que j'ai grandi mais dans un monde menteur. Et si la chose est vraiment bien menteuse, le malheur ne se fait pas attendre longtemps ; il arrive alors, tout naturellement. »

FRITZ ZORN
Mars

Première partie

Le livre de Lily

Été 1983

La falaise s'effondre, lentement mais sûrement. C'est une sorte d'argile grise et meuble. De grosses pierres ont été disposées sur son flanc pour retarder les assauts inéluctables de la marée. On dit que les maisons comme la nôtre sont condamnées. Un jour, il faudra l'abandonner. Comme en toutes choses, nous sommes voués à la perte.

La chambre de mon frère Vincent donne sur la mer. Souvent je vais m'accouder à la fenêtre et je contemple la lumière changeante. C'est bien la seule chose dont je ne me sois pas lassée ici.

Quand elle ne s'est pas retirée au loin, traçant une ligne qui se confond avec l'horizon, la mer suit les caprices du ciel, allant parfois jusqu'à s'éclaircir d'un vert-gris éclatant avant la pluie. Je laisse mon regard se perdre dans le mouvement kaléidoscopique des vaguelettes qui remuent la surface de l'eau. Mes yeux croisent la trajectoire d'un catamaran ou la voile fluorescente d'un planchiste. Des cargos, semblables à de petits blocs posés sur l'horizon, avancent avec la lenteur des escargots.

Vincent se glisse dans mon dos. Il m'entoure de ses bras et pose ses mains sur mon ventre.

Rien ne semble avoir changé ici. Le temps ne se voit pas à l'œil nu.

J'écarte doucement les mains de mon frère. Le temps est imperceptible ; nos étreintes de jumeaux inséparables se sont pourtant bel et bien assagies.

Nous sommes arrivés à Bénerville aux premiers jours de juillet. Deux longs mois d'été nous attendent.

Je repense à la joie qui m'envahissait il y a encore quelques années à l'idée d'investir La Viguière pour l'été. Il ne m'en reste aujourd'hui qu'un souvenir entêtant, comme une part d'enfance disparue, impossible à rejoindre. Quelque chose s'est perdu, mais quoi ? Une vigueur naïve peut-être. Un élan inconséquent. Après s'être ébrouée avec bonheur, notre famille se traîne, comme une troupe de danseurs fatigués, incapables d'inventer de nouveaux gestes et contraints de singer l'âme d'un ballet dont il ne demeure plus que des figures lourdes et lasses.

Nos habitudes estivales sont immuables. Escortés par papa et son frère Remo, nous empruntons au matin le chemin qui conduit à la plage ; nous le remonterons au soir d'un même pas empesé.

Cherchant par tous les moyens une échappée, je passe des heures à observer les vacanciers : l'ennui qui en accable certains quoi qu'ils en laissent paraître, fourbus qu'ils sont après une année de travail et découragés de voir le néant de leur vie les talonner jusqu'ici. Il y a le spectacle du bonheur aussi : ici et là, des tribus d'enfants qui se pourchassent, difficiles à maîtriser, hurlant.

Ceux qui nous voient passer doivent nous trouver le regard bien vide, semblables à des statues de cire auxquelles on a voulu prêter une expression mais dont la pupille n'en demeure pas moins lisse et aussi muette qu'une bille.

Maman nous fait la cuisine et s'occupe du petit Martin. Elle nous accompagne à la plage plus rarement que les années précédentes, préférant rester dans la chambre du rez-de-chaussée où elle a obtenu de dormir seule.

Lorsqu'elle ne se repose pas, maman lit. Claudel, cet été. Parfois je la surprends allongée, l'exemplaire des *Cinq Grandes Odes* posé sur sa poitrine. Ses yeux fixent un point connu d'elle seule. Ce regard me fait toujours un peu peur. Je lui demande :

— À quoi tu penses ?

Elle ne répond pas et me tend la main pour que j'approche. Vincent nous rejoint. Il s'installe sur un coude au bout du lit. Elle nous parle de Claudel qu'elle détestait jusque-là, le bourgeois bedonnant, crapaud de bénitier… Elle avoue avec un certain amusement que découvrant sa passion pour Rose — une femme mariée — elle va bien finir par se réconcilier avec lui.

Tous les soirs, nous prenons un verre de vin pour l'apéritif. Installés sur la balancelle, nous contemplons la mer et les contours penchés des blockhaus échoués sur la plage. Maman discute avec Remo des *Variations Goldberg* jouées par Glenn Gould qu'elle écoute tous les jours. Elle défend la version qu'il a enregistrée tardivement ; Remo persiste à lui préférer l'interprétation des jeunes années. Papa se renfrogne. Papa se fiche de la musique. Il suit vaguement leur conversation puis il cherche par tous les moyens à les interrompre. Martin est devenu un prétexte commode pour écourter ce spectacle qui le blesse et auquel sa mauvaise volonté n'a, par définition, jamais rien pu changer. Remo finit par prendre le petit en main. Papa le suit des yeux, soulagé d'avoir écarté ce frère cadet sur lequel il n'a jamais réussi à prendre l'ascendant.

Lorsque j'insiste pour aller marcher après le dîner, maman sourit, désolée. Les yeux de côté, elle dit :

— Non, Lily. Pas ce soir.

Elle s'éloigne vers sa chambre. On dirait qu'elle va s'y engouffrer pour ne plus jamais en ressortir. Papa l'accompagne jusqu'à la porte, la victoire silencieuse. Remo reste assis à table, embarrassé et comme dépossédé. Il ne tarde pas à aller se réfugier au casino où il dilapide tout son argent (nous n'avons jamais su de quoi vivait notre oncle ; pressé par les questions, Remo a toujours balayé notre curiosité d'un geste confiant).

Lorsque la maison est enfin silencieuse, Vincent et moi partons nous promener sur les laies de mer, laissant les deux frères aux effets de leur partage mal fichu et mal vécu.

Vient le lendemain, alors ça recommence : la vie, la plage, les billes dans le regard.

Nous sommes en plein cœur de l'été et j'aimerais qu'il soit déjà terminé.

— Il est revenu !

— Qui ça ? a demandé papa avec méfiance.

— Micky.

Vincent a empilé les assiettes et s'est dirigé vers la cuisine.

— Le chat, a-t-il traduit sans se retourner.

— Quel chat ?

— Il vient se promener dans le jardin tous les soirs.

— J'espère que vous ne le nourrissez pas.

Personne n'a répliqué. Papa a poussé un soupir de réprobation lassée.

— Vous le nourrissez ?

— Il a l'air de se trouver bien ici, a dit maman.

— En attendant, ce chat doit bien appartenir à quelqu'un.

Maman a adressé un regard indifférent à son mari. Cet homme devrait lui être aussi familier qu'elle-même mais il semble n'être devenu avec les années qu'un simple étranger.

— Je vous présente Micky, a annoncé Vincent qui réintégrait la salle à manger.

Micky suivait mon frère d'un pas tranquille. Il s'est couché sur le plancher, attendant des caresses. Martin s'est précipité vers lui.

— Doucement, a prévenu maman.

Mon petit frère s'est immobilisé à quelques centimètres de l'animal et s'est mis à observer maman dans l'attente qu'elle lui donne l'autorisation d'approcher un peu plus près. Martin ne fait rien sans obtenir au préalable l'accord silencieux de sa mère.

— Vous ne devriez pas le laisser entrer dans la maison.

— Il a tout mangé, ai-je dit pour faire chier papa.

— Mangé quoi ?

— La sole que Martin n'a pas finie.

— De la sole ?

— Avec un peu de citron.

— On l'aurait jetée de toute façon, a fait remarquer Remo.

Notre oncle s'est rencogné dans son siège et il a tâté sa hanche en grimaçant.

— Ça recommence ? a demandé maman compatissante.

— J'ai appelé ton toubib, a brusquement ful-
miné Remo en fixant papa. Rien pu obtenir de
lui ! Même pas un anti-inflammatoire…

— Alors c'est que tu n'en as pas besoin. Si tu
commençais par arrêter de boire.

— Rien à voir.

— Tu n'as rien !

Vincent est resté les yeux dans le vide. Il ne sup-
porte plus les deux frères et leurs altercations sans
fin. Pas plus qu'il ne tolère l'ironie que maman
exerce sur eux par petites touches, laissant les deux
hommes désarmés, comme deux enfants niais.

Je sais à quoi pense mon frère lorsqu'il vient poser
ses mains sur mon ventre. Vincent crève de devoir
passer l'été ici. Il voudrait partir très loin avec moi.
Il ne sait pas que nous avons grandi et que nous ne
fuirons pas ensemble.

Martin s'est redressé et il a réclamé sa mère. Elle
l'a pris dans ses bras et il a enfoui son pouce dans sa
bouche. Il a continué à observer le chat, avec, dans
les yeux, cette fixité un peu hautaine qu'il arbore
lorsqu'il goûte la protection des bras maternels et
s'apprête à s'endormir.

— Micky nous aime beaucoup, a dit Remo.

Maman a acquiescé.

— Nous devrions le ramener à Paris.

— Faites-moi sortir cette bête ! a explosé papa.

J'ai ramené Micky dans le jardin. Il est resté à mes pieds, placide, les yeux mi-clos. J'ai respiré l'air de la mer, soulagée de pouvoir me soustraire quelques minutes à l'atmosphère pénible du dîner, ces visages mal assortis et ces paroles sourdes qui n'auront jamais pour seule trajectoire que de venir se perdre sur le tissu beige et poussiéreux des murs.

J'ai finalement refermé la porte de la cuisine, abandonnant Micky dans la nuit noire.

— Je vais me coucher, a annoncé maman.

— Reste, a supplié Vincent.

Et il a désigné Martin qui somnolait dans ses bras.

— Regarde comme il est bien…

— Martin devrait déjà être au lit, a rappelé Remo.

Maman nous a observés successivement. Quelque chose vacillait dans ses yeux.

— Resservez-moi du vin.

Remo s'est exécuté, devant son frère incapable de manifester son désaccord.

— Juste un fond, a-t-elle précisé en avançant la main vers le verre. Merci, Remo.

Maman a bu une gorgée puis elle a caressé le visage de Martin qui, au moment de s'endormir, avait abandonné son pouce à la commissure de ses lèvres. Elle a détaillé son petit corps pendant un

23

long moment. Elle semblait le regarder de très loin, comme un enfant qui ne lui appartiendrait pas.

— Susan, a sermonné papa. Tu as dit que tu allais te coucher…

— J'y vais, j'y vais, a-t-elle murmuré d'un air agacé.

Papa a quitté la table, la mine triste, ou vaincue peut-être. Papa à qui l'on n'aura cessé de rogner la place qu'il croyait pouvoir briguer et qu'il découvre n'avoir finalement jamais occupée ou tout juste le temps d'un mensonge.

J'ignore depuis quand maman n'aime plus son mari. Et si elle l'a jamais aimé. Vincent évite d'aborder le sujet. Il nie purement et simplement l'évidence. Il est pourtant clair qu'elle n'a jamais aimé son mari. Maman a tout juste consenti à une morne cohabitation. Elle s'est sans doute mariée avec le premier garçon qu'on lui a présenté. Elle avait dix-huit ans. Elle a fait ce qu'on attendait d'elle et je veux croire qu'on ne lui a pas laissé le choix. Lorsqu'elle parle de son père — GI marié à une Française après le Débarquement —, maman évoque le souvenir d'un homme ennuyeux et autoritaire, le cul vissé sur ses exploits de guerre comme autant de lauriers sur lesquels il s'est endormi d'un sommeil dont personne n'a réussi à le tirer. Incapable de parler correctement français, il a imposé la

24

langue anglaise au sein de son foyer, débrouillant comme il pouvait son quotidien avec ce foutu accent dont il s'était persuadé qu'il continuait à attendrir les foules.

Vincent et moi nous sommes toujours placés spontanément du côté de notre mère, ce qui est assez injuste, l'amour qu'on nous a donné n'ayant pas forcément grand-chose à voir avec celui que nos parents n'ont pas su partager entre eux. J'ai souvent de la peine pour mon père, le désaimé, de ces accès de justice qui me rattrapent parfois, me laissant penser que je vais faire un geste, distribuer mon amour de façon moins arbitraire, mais le fait est que je n'ai toujours pas réussi à admirer réellement mon père, pas suffisamment en tout cas pour lui faire sentir que je l'aime. Je ne parle même pas de Vincent qui doit enrager de n'avoir pu s'identifier à lui, pour cause de fadeur, et n'a qu'une démission un peu indifférente à lui adresser.

Notre oncle Remo vit au milieu de ce havre cruel depuis plusieurs années, nous horripilant de temps à autre, sans que nous ayons vraiment décidé de ce que nous pensons de ce pensionnaire qui fait tout pour se faire aimer mais nous laisse relativement insensibles.

— Sers-toi un petit calva, a dit maman à Remo.
— Ils ont dit : pas d'alcool fort.

— La barbe, ces médecins…

Comme un enfant à qui l'on vient d'autoriser ce que ses parents lui avaient précisément interdit, Remo s'est précipité vers le récipient en terre cuite. C'est Vincent qui l'a trouvé en explorant la cave l'été dernier. Quelqu'un a inscrit à la craie : 1949.

— Je peux en avoir ? s'est empressé de réclamer mon frère.

Remo a interrogé maman du regard. Elle a approuvé d'un clignement des yeux.

Notre oncle a levé son verre. Maman l'a imité, ravie.

— J'écouterais bien un peu de musique…

— Nous avons tout installé dans ta chambre, Susan.

Elle a eu un soupir infantile.

— Il n'y a donc rien pour se réjouir ici.

— Rien que nos verres !

Remo a soulevé le récipient poussiéreux avec précaution et s'est resservi. Il l'a reposé avec la même application. Maman a bu quelques gorgées de vin, penchant la tête en arrière exagérément. On pouvait apercevoir ses lèvres rieuses autour du verre.

— Lily, viens près de moi, a-t-elle dit avec une euphorie soudaine et inhabituelle.

J'ai lancé un regard hésitant à mon frère.

— Allez, viens !

Je me suis agenouillée à côté d'elle. J'entendais la respiration régulière de Martin.

Elle a tendu sa main droite.

— Retire mon alliance.

Comme un silence hostile s'installait, elle a lâché un rire bref, feignant l'étonnement.

C'était un anneau en or très fin. Je l'ai fait glisser comme elle me le demandait.

— Elle est à toi.

Je suis restée muette.

— Mets-la !

— Qu'est-ce qui te prend, maman ? a protesté Vincent.

— J'ai bien le droit de la donner à Lily si je veux !

Notre oncle semblait avoir disparu sous la table.

— Et si papa te demande où elle est ?

Son visage s'est assombri. Elle paraissait dégrisée brusquement.

— Il ne me le demandera pas.

Hébété, Vincent fixait son verre auquel il n'avait toujours pas touché.

J'ai enfoui l'alliance dans la poche de mon jean.

— Tu devrais aller te coucher, maman, a dit Vincent, et on aurait cru entendre son père.

Notre oncle a pris doucement Martin dans ses bras. Maman est restée les yeux dans le vague. Enfin elle s'est levée, lentement, en s'appuyant sur le rebord de la table. Elle nous a adressé un petit signe de la main.

Je suis persuadée que maman regrette de ne pas nous avoir abandonnés et d'être restée piégée au milieu des deux frères. Je l'imagine, se retournant et prenant acte de ces années passées : tout est joué, la donne ne changera plus. Elle comprend que tout est derrière. Devant : le déroulé attendu de ce qu'elle ne connaît que trop. Les années ont passé, différant chaque jour cette vie qu'elle s'était promise, autre. Je suis sûre que maman s'est vue mille fois quitter la maison. Maintenant, assignée à résidence avec son jeune enfant, dernier barreau de sa prison, il ne lui reste plus que le trajet qui la reconduit à sa chambre. Maman se réfugie dans l'oubli fugitif que le vin ou le bruit de la mer lui procurent. Puis c'est la demi-obscurité de sa chambre. Avant d'éteindre, elle observe le papier peint, les fleurs mordorées sur les rideaux, tout ce qu'elle a pris soin de choisir. Elle évoque souvent devant nous la joie immense qu'elle a ressentie lorsque papa et Remo sont devenus acquéreurs de La Viguière, et son entrain lorsqu'il s'est agi de décorer la maison. Savait-elle à l'époque qu'elle trouvait là l'oubli nécessaire pour ne pas songer à tout ce qu'elle n'a pas choisi ou seulement par défaut ? L'image devant elle devient floue. Peut-être préfèrerait-elle pleurer ? Mais ses yeux restent secs. L'effroi étrangement calme que lui inspire son existence est exempt de toute émotion, de tout débordement possible. Elle a ce regard fixe que je connais bien maintenant — celui d'une femme qui a définitivement disparu de sa vie.

— Laisse-nous entrer !

— Votre mère est fatiguée, a répété papa.

Nous avons croisé Remo qui avait entendu Vincent élever la voix et approchait en claudiquant. Mon frère s'est immobilisé à sa hauteur.

— Toi, je te déteste, a-t-il lâché.

Vincent a pris ma main et nous avons quitté la maison.

— Tu préfères aller marcher de quel côté ?

J'ai observé la plage et les blockhaus plongés dans la nuit. J'ai désigné les lumières de la ville à l'opposé.

Vincent a sorti son paquet de cigarettes et a relevé sa frange d'un geste irrité.

— Pourquoi tu as dit ça à Remo ? ai-je demandé au bout d'un moment.

— Il m'exaspère à rester là sans réagir ! Il accapare

maman et s'étonne que papa se transforme en cerbère agressif...

— C'est leur problème. Donne-moi la main.

Mon frère a inspiré profondément et il s'est mis à fixer les vagues qu'on ne devinait dans l'obscurité qu'à leur fracas.

— Tu te souviens quand tu m'emmenais en haut de la falaise ?

Vincent a eu un petit rire attendri. La maison en ruine juchée sur la terre glissante. Les hommes qui rôdent. Ils me faisaient peur. Ils draguaient. Un jour, j'ai tout raconté à papa. Il nous a giflés, mon frère et moi, et nous a ordonné de ne plus jamais retourner là-haut. Ça a fait rire maman. Ce jour-là, j'ai eu l'impression d'avoir trahi mon frère. J'ai pensé qu'il était dorénavant impossible qu'il continue à m'aimer.

Un sifflement s'est fait entendre sur la plage puis une détonation au-dessus de nous. Une gerbe de lumière s'est déployée dans la nuit. Une dizaine d'étoiles colorées ont volé avant de piquer en direction de l'eau.

J'ai tiré mon frère par la manche. Nous avons progressé dans la nuit. Le murmure des vagues se rapprochait. Une silhouette est apparue devant le revers d'écume. L'ombre a fait quelques pas vers nous. Son front s'est détaché dans la demi-obscurité. J'ai tout de suite reconnu son sourire. Et son incisive fêlée.

— Nathan ?

— Vous m'avez foutu les jetons ! Je me suis déjà fait emmerder la semaine dernière.

— Par qui ?

— Les flics. Ils me connaissent mais ils n'ont que ça à foutre.

Nathan a jeté un coup d'œil derrière lui.

— Bougez pas. Il me reste un tam-tam.

Il a couru vers la mer, une petite boîte à la main. Il l'a posée sur le sable. Il a tendu la flamme de son briquet vers ce que j'imaginais être la mèche, puis il s'est éloigné à toutes jambes. Un bouquet de petites gerbes jaunes a tailladé la nuit comme autant de lames éphémères. Puis le noir est revenu.

Nathan s'est assis en tailleur à côté de nous.

— Ça fait combien de temps qu'on ne s'est pas vus ?

— Trois ans ?

Il s'est penché et il nous a examinés.

— Vous vous ressemblez toujours autant. Je me rappelle, à un moment, vous étiez coiffés pareil. Je vous confondais.

Il a ri de sa remarque.

— Après tout, vous êtes jumeaux.

— Faux jumeaux, a rectifié mon frère.

32

— Oui, enfin jumeaux quand même, ai-je précisé.

— Moi, vous trouvez que j'ai changé ?

— Tu as toujours…

— Mes cernes, a-t-il devancé en souriant.

— Tu t'amuses souvent à faire péter des trucs la nuit ? a interrogé Vincent avec une inimitié à peine dissimulée.

— Faut bien apprendre les gestes…

— Tu participes toujours au feu d'artifice de la Saint-Christophe ?

Nathan a approuvé.

— L'an dernier, ça ressemblait plutôt à un ballet d'allumettes.

— Y a pas beaucoup de fric sur la commune. Mais moi, ça me va. Je fais mes armes.

— Tes armes ?

— Ben oui, je veux devenir artificier. Un jour, je partirai à Montréal.

— Y a plus de fric qu'ici, ai-je présumé avec neutralité pour rattraper l'animosité de mon frère.

— Y a surtout le concours international de feux d'artifice.

— Et tu gagnes quoi ?

— Le Jupiter d'or.

J'ai éclaté de rire avant que mon frère ne le fasse.

— Pardon, Nathan.

— C'est très sérieux !

33

Il nous a toisés, vexé.

— Vous savez ce que vous voulez faire, vous, au moins ?

J'ai laissé passer quelques secondes espérant que Vincent répondrait pour nous mais il n'a rien répliqué, fermement arrimé à sa mauvaise humeur.

— J'y pense tout le temps, a repris Nathan. Quand je serai vraiment artificier. Quand j'aurai en main une vraie pie chandelle. Je deviendrai comme Giovanni Panzera. Il y a deux ans, mes parents m'ont emmené à Cannes pour voir un de ses feux. J'aimerais bien être son élève. C'est le plus grand.

— On rentre, Lily.

Je me suis tournée vers Vincent qui a soutenu mon regard contrarié sans sourciller.

J'ai fait rouler quelques grains de sable entre mes doigts, puis je me suis levée à regret.

— On se voit demain sur la plage ?

— Je ne sors que la nuit, a précisé Nathan en riant.

Je lui ai fait un petit signe de la main et j'ai rejoint mon frère sur le chemin qui remonte à La Viguière.

— J'arrive pas à dormir…

Je me suis assise au bord du lit et j'ai caressé le visage de Martin.

— Il est très tard, tu sais.

Martin a trois ans. Il a peur du noir. Il refuse de fermer les yeux. Où que nous allions, il nous faut lui trouver une veilleuse qu'il fixe, imperturbable, jusqu'à ce que ses paupières tombent d'épuisement. Il n'y a que dans les bras de maman qu'il s'abandonne ; c'est pour cette raison qu'elle le garde à table, même à des heures déraisonnables.

Une fois revenu à la demi-obscurité de sa chambre, Martin se calfeutre à un bout du grand lit, ignorant l'autre partie et se gardant bien d'y laisser traîner ne serait-ce qu'une jambe. Au matin, on le retrouve dans la même position, calé sur le dos, sa tête s'est un peu affaissée dans l'oreiller ; il se redresse, vérifiant à travers les volets ajourés que la nuit est bien passée et il se laisse porter par l'un de nous au rez-de-chaussée.

— Tu veux que je dorme avec toi ?

Ses larges cils battaient, comme m'implorant.

— Il est où, Vincent ?

— Dans sa chambre.

Je me suis glissée dans le lit.

— Tu me prêtes un bout d'oreiller ?

Martin s'est tourné vers moi et j'ai posé ma tête près de son visage.

— Tu pisses pas, hein ?

Il a fait signe que non.

— Il est où, Micky ? a-t-il encore demandé, le pouce en travers de la bouche.

— Je ne sais pas. Peut-être dans le jardin. Ou chez ses maîtres…

— Mais c'est nous ses maîtres !

J'ai fermé les yeux.

Je savais que Martin m'observait, rassuré. Il ne pouvait plus rien lui arriver de mal à présent, les monstres tapis aux quatre coins de la chambre ne se manifesteraient pas cette nuit, ils iraient hanter d'autres regards, en attendant de revenir un soir prochain.

— Je te dis que c'est elle qui l'a proposé !

— Qu'est-ce que tu avais besoin de lui parler de Nathan ? a râlé mon frère. Je suis sûr que papa va faire chier.

— Je lui ai juste raconté notre promenade d'hier. Elle a dit que ça nous changerait un peu s'il venait dîner…

Mon frère a gardé le silence, se contentant d'écraser les couteaux de mer qui se présentaient sur son passage.

— Tu vas te faire mal, Vincent.

— Je savais que tu l'aimais bien…

— Et alors, ça te dérange ? J'ai toujours bien aimé Nathan. Je regrette qu'on soit restés si longtemps sans le voir.

— Qu'est-ce que tu lui trouves ?

— Dis-moi plutôt ce que tu lui reproches.

— Sa naïveté.

Vincent a contemplé la mer.

— Elle est loin, bordel. C'est les grandes marées ou quoi ?

— Fais un nœud à ton maillot, on voit ton cul. Qu'est-ce que tu entends par naïveté ?

— Ce débordement d'enthousiasme permanent, a grimacé Vincent tout en nouant la ficelle de son maillot de bain. Je le trouve exaspérant.

— C'est de la pure jalousie.

Mon frère a levé les yeux au ciel.

— Il t'a agacé parce qu'il nous a demandé ce qu'on voulait faire plus tard et tu n'as pas osé.

— Je me fous complètement de dire à ce type ce que je veux faire plus tard !

— Tu l'as regardé de haut parce que tu considères qu'écrire vaut beaucoup mieux que devenir artificier.

Mon frère a esquissé un sourire méprisant.

— Tu n'es qu'un sale petit prétentieux, Vincent.

— Un jour, tu lâcheras ces accès d'admiration béate pour les gens qui ont « une passion dans la vie ». Je déteste les gens qui ont « une passion dans la vie ». Ça finit toujours plus ou moins par des croûtes entassées dans un grenier.

— Pourquoi je n'apprécierais pas Nathan ?

— Tu cherches un moyen de me lâcher.

Je me suis immobilisée et j'ai dévisagé mon frère.

— Tu sais très bien que j'ai raison, a-t-il poursuivi. Et tu sais très bien que je t'en veux parce que moi, ce n'est pas un tam-tam à vingt-cinq fusées qui va me changer les idées.

Il m'a prise par la main et m'a entraînée au bord de l'eau.

— Je n'ai pas envie de me baigner, a-t-il dit.

— Moi non plus.

— Franchement, tu trouves pas que l'enthousiasme donne aux gens un air con…

J'ai passé une main sur son dos bronzé, chassant quelques grains de sable.

— Tu crois qu'on va adopter Micky ?

— Puisque maman l'a demandé… Et puis, ce sera bien pour Martin.

Vincent a retiré son maillot.

— Qu'est-ce qui te prend ?

Il se met à courir. J'observe son corps nu disparaître dans les vagues.

Vincent s'ébroue. Ses épaules apparaissent puis ses hanches. L'espace d'un instant, je me surprends à chercher son sexe des yeux. Je ne vois qu'une silhouette à contre-jour. Je regarde ailleurs et j'attends. Mon frère s'assoit en tailleur sur le sable et m'adresse un sourire de branleur. Je balance son maillot dans les vagues.

J'ai posé le plat de crevettes grises au centre de la table.

— Ça sent le dentiste, s'est inquiété Nathan à voix basse.

— Clou de girofle, a commenté Vincent, ravi de pouvoir l'épingler devant tout le monde.

— C'est toi, Lily, qui les a préparées ?

J'ai fait signe que oui.

— Nathan, je te conseille de ne pas perdre de temps, a dit maman. Lily et Vincent sont d'une rapidité que tu n'imagines pas.

Vincent et moi nous sommes attaqués à notre assiette avec dextérité, comme pour donner confirmation. Papa et Remo assistaient à la démonstration comme des invités inopportuns à qui l'on aurait intimé l'ordre de se faire oublier.

Maman a replacé une bretelle de sa robe et m'a adressé un regard incertain.

Peu avant l'arrivée de Nathan, elle avait voulu me demander mon avis :

— J'ai retrouvé ça. Tout en lin.

J'ai examiné la robe beige qu'elle me tendait.

— Je suis sûre qu'elle t'ira très bien, ai-je décrété.

Elle a ôté son peignoir, enfilé la robe puis elle s'est postée devant le miroir.

— Tu crois que je peux porter ça ?

— Bien sûr, tu es très belle dedans.

— Ce n'est plus pour moi…

— Tu es très belle et c'est ce que Nathan pensera en te voyant. Maintenant viens avec moi préparer l'apéritif.

— Le crabe ! a triomphé Martin.

Nous avons tous feint d'admirer la coquille que notre petit frère venait de dénicher dans l'assiette de sa mère. Il l'a portée à sa bouche, maman a écarté sa main.

— Goûte plutôt ça.

Elle lui a tendu une crevette.

— Il n'aimera pas, a prévenu papa d'une voix assurée.

— Et pourquoi pas ? a dit Remo, le regard rivé sur Martin comme devant un événement de la plus haute importance.

Martin a mâché la crevette, perplexe.

— Encore ! s'est-il finalement écrié.

— Il a quel âge ? a demandé Nathan tout en engouffrant un morceau de pain sur lequel il avait stocké cinq ou six crevettes minutieusement décortiquées.

— Alors Martin ? a dit maman en penchant la tête vers lui. Réponds à Nathan. Tu as quel âge ?

Il nous a tous regardés, intimidé.

— Trois ans.

Il a lu le sourire sur nos visages.

— Encore !

Papa s'est redressé brusquement.

— Tu t'occupes toujours de la Saint-Christophe ?

— Juste le feu d'artifice. Vous viendrez ?

— Bien sûr, a répondu maman. Quel est le programme ?

— D'abord retraite aux flambeaux. Je pourrai vous filer un lampion pour Martin, si vous voulez. Le cortège s'installe sur la plage. On tire le feu. Et puis après, y a le bal.

— Très bien, a conclu maman.

Nathan a levé les yeux vers elle.

— Madame, je peux vous poser une question ?

— Depuis le temps, tu peux m'appeler Susan.

— Il vient d'où votre accent ?

— Boston. Mon père était américain. J'ai été élevée là-bas jusqu'à l'âge de quinze ans.

— Il a participé au Débarquement ?

Maman s'est penchée vers Nathan :

— GI.

Elle a repris sa position initiale avec un sourire ironique qui a dû échapper à Nathan.

— Comment vont tes parents ?

Il a haussé les épaules.

— Comme ça.

— Ton père ?

— Il a un nouveau traitement…

— Qu'est-ce qu'il a ? ai-je demandé.

Nathan n'a pas répondu tout de suite.

— Il tourne pas rond.

Il y a eu un moment de flottement. J'ai adressé un regard coupable à maman, regrettant brusquement ma question.

Vincent est apparu sur le seuil de la porte. Il tenait Micky dans ses bras.

— Et le gigot ? s'est étonné papa.

— Pas prêt. Qui veut bouffer du chat en attendant ?

Maman a ri. Vincent a posé un baiser sur le crâne du petit Micky.

— On va prendre le temps de t'engraisser un peu avant de t'embrocher.

— Je ne veux plus voir ce chat dans la maison !

— Obéis à ton père, Vincent.

— Désolé, Micky. Chez nous, on reconduit les clandestins à la frontière.

Le visage de papa s'est empourpré de colère.

— Je ne trouve pas ça drôle !

— Tu manques…, a commencé Remo.

— D'humour ! Je sais !

— Micky ! a imploré Martin en tendant les bras.

— Micky rentre dans sa maison, a expliqué maman. Tu le verras demain dans le jardin.

Martin s'est mis à pleurer.

— Disparais, Vincent ! a tonné papa. Tu vois bien dans quel état tu mets le petit !

J'ai lancé un regard amusé à Nathan qui assistait, médusé, au naufrage de notre dîner.

— T'inquiète, c'est tous les soirs comme ça, lui ai-je glissé à l'oreille.

— Je vais coucher Martin, a dit Remo.

Il a pris notre frère dans ses bras. Nous lui avons adressé un signe de la main en guise de bonne nuit. Martin n'a pas répondu, en larmes.

— Je crois que le gigot va être trop cuit.

Et maman a éclaté d'un rire étrange et glaçant.

— Ton frère ne m'aime pas.

— Vincent n'aime personne en ce moment.

Nous nous sommes assis au pied du blockhaus. Nathan a allumé une cigarette.

— Tu me fais tirer ?

Il a approché sa main. Mes lèvres ont touché ses doigts au moment d'aspirer la fumée. Ils ont laissé une empreinte tiède sur ma peau.

— Qu'est-ce qui est arrivé à ton père ? ai-je demandé.

— Avant, ça allait encore. Il passait pour un type un peu allumé. Et puis, ça a empiré. Il perd la mémoire. Il ne peut plus travailler. Il reste au fond de son fauteuil et il radote.

— Il parle de quoi ?

— Toujours la même histoire. C'est un soir — après la Libération —, ses parents lui disent de rester à la maison, ils vont devant l'église mais il les suit en cachette. Tout le village est réuni. Il a six ans. On est en train de raser une femme sur le parvis parce qu'elle a couché avec un Allemand. Mon père ne comprend pas mais il ne peut pas s'empêcher de regarder.

Nathan s'est interrompu.

— Et après ?

— Après ils font faire à la femme le tour du village à genoux en l'insultant. Il m'a raconté cette histoire des dizaines de fois. Je me demande pourquoi il s'accroche à ça. C'est peut-être tout ce qu'il retient des hommes…

Nathan a ri de sa solennité.

Ses cuisses traçaient une courbe musclée sous le tissu du jean. J'ai eu envie brusquement de plonger mon visage dans sa poitrine, et respirer son odeur.

— Il y a souvent des gens qui viennent dîner chez vous ? a-t-il interrogé au bout d'un moment.

— Maman aime bien recevoir.

— Nous, on ne peut plus à cause de papa. De toute façon, ma mère a perdu tous ses amis. Je crois que ça leur fout les jetons de le voir.

J'ai senti mon épaule effleurer Nathan, puis mon coude venir se caler contre le sien.

— Le soir, je vais toujours l'embrasser avant d'aller me coucher. Il me lance des regards de fou. C'est à se demander s'il me reconnaît. Je l'embrasse sur le front et là, il se met à me fixer d'un air grave comme s'il avait quelque chose d'effroyable à m'annoncer.

— Je crois que maman t'aime beaucoup, ai-je dit comme si cela pouvait le dédommager d'une quelconque façon.

— Je n'ai pas l'habitude qu'on s'intéresse à moi. Ma mère, elle n'a pas le temps. Il faut que je me débrouille tout seul. Je suis vraiment bien chez vous.

— Elle aussi, ça lui a fait du bien que tu sois là. Cet été, elle voit toujours les mêmes têtes.

— Vous traînez toujours avec les Desrosières ?

— Papa les adore. Il les invite souvent à dîner. Dans ces cas-là, Remo s'arrange pour rester jouer au casino. Je n'ai jamais vu des cons pareils.

— Il fait quoi lui déjà ?

— Avocat à Saint-Raphaël. Et elle, son métier c'est de jouer au bridge.

Nathan a grimacé.

— J'ai toujours pensé que papa était fait pour vivre avec des gens comme ça, ai-je ajouté. Le fric, ça l'impressionne. Vincent dit toujours qu'il a « envie d'en être »...

— On a tous envie, non ? Moi, par exemple, quand je vois les grands artificiers, eh bien j'ai envie d'en être...

— Toi, ce n'est pas pour fanfaronner.

Nathan m'a adressé un sourire flatté.

— Avant, on allait souvent retrouver leurs fils sur la plage. Vincent ne les aimait pas plus que ça. Je crois que c'est moi qui insistais. On ne se voyait jamais en dehors des vacances. Et puis un été, je me suis aperçue que je n'avais strictement plus rien à leur dire... Maintenant, on se salue d'un signe de la main gêné et on laisse les parents parler entre eux.

— Ils n'avaient pas une sœur aussi ?

— Annabelle. On dirait la mère. Mariée, trois mômes. C'est plié pour elle.

— Tu as quelque chose contre le mariage et les mômes ? Elle est peut-être très heureuse comme ça.

— Alors très bien pour elle.

— Tu te vois comment plus tard, Lily ?

— Tu m'as déjà posé la question l'autre soir.

— Et tu n'as pas répondu.

— Je sais juste ce que je ne veux pas devenir...

Je ne veux pas devenir comme ma mère, voilà ce que j'aurais pu répondre à Nathan. C'était affreux et certainement injuste de penser ça.

— T'es pas sortie avec l'aîné Desrosières à un moment ?

— Gilles. Tu te souviens de ça, toi ?

Nathan affichait un air fier et narquois.

— À ma décharge...

— Demande rejetée, votre honneur !

48

— Laisse-moi parler ! J'étais pleine d'espoir : je me disais que parmi les trois enfants, il devait bien se trouver un raté, autrement dit quelqu'un de fréquentable.

— Tu refais l'histoire, Lily.

— OK. Je reconnais que je l'aimais bien. Mais il y a tellement de gens que j'aime bien. Heureusement que Vincent est là pour me tenir les yeux ouverts.

— Et moi ? a demandé Nathan timidement.

— Je ne parle pas de toi.

— Alors c'était comment avec Gilles Desrosières ? Il a allumé une cigarette et me l'a tendue.

— Je la fume avec toi.

Il a acquiescé.

— Le plus amusant dans l'histoire, c'était de choisir entre les deux frères parce qu'après… Il m'a présentée à sa famille, il m'a exhibée, sa mère m'a adoptée. Vincent regardait ça de loin en ricanant. Pendant ce temps, Gilles me parlait de ses fringues, sa planche à voile, son futur scooter. Je me faisais trimballer en Zodiac, tout ça pour le voir pisser à ski nautique. Je riais parce que les autres riaient. Il finira content de lui, arrogant et parfaitement banal, sans un gramme d'humour, comme tous ces vieux riches qui ne sont occupés qu'à faire pousser des haies devant leur baraque pour dissimuler à la rue leur petit paradis.

— Ta mère, elle les aime bien ?

— Elle fait comme si. Elle laisse papa s'imaginer le temps d'un dîner qu'il fait partie de leur monde.

— Nous, si on n'avait pas un fou à la maison, on ferait peut-être partie de la même vitrine pathétique...

Quelque chose m'impressionnait dans la froideur sèche que Nathan venait brusquement d'employer pour parler de son père.

— Tu devrais faire attention à ta mère, Lily...

J'ai avalé ma salive péniblement.

— Qu'est-ce que tu veux dire ?

— Elle n'est pas comme eux.

J'ai saisi la cigarette qui se consumait entre ses doigts et sur laquelle il ne tirait pas.

— Nathan... Tu as dix secondes pour t'enfuir.

— Hein ?

— Je crois que je vais t'embrasser.

J'ai tiré une dernière taffe et j'ai enfoui le filtre dans le sable.

Il est entré en moi très doucement.

Tout est calme autour de nous. Juste le murmure des vagues qui résonne à l'intérieur du blockhaus.

Je sens la rugosité du béton sur mon dos. Je m'étire comme pour le laisser prendre plus de place en moi. Sa queue a le même parfum que son ventre, une odeur de lessive et de peau bronzée, et quelque chose d'un peu acide.

Nathan ondule au-dessus de moi. Je le laisse faire, comme dépossédée de moi-même, un peu à l'écart. Il a fermé les yeux. Sa respiration est rapide. La mienne plutôt lente. Tout est calme. Je ne cesse de me demander si c'est normal. Cette douceur. Cette fadeur.

Ça monte en moi de temps en temps, je me cabre un peu, et puis ça disparaît ; ne reste qu'une douce sensation, comme un plaisir vague prêt à reparaître.

Je me redresse sur un coude. Je regarde son ventre qui va et vient entre mes jambes, un peu gonflé lorsqu'il se colle à moi. Je ne sens pas grand-chose, je crois. Alors brusquement, je voudrais le voir jouir. Je suis sûre qu'il est beau quand il jouit. Certains garçons ressemblent à des chiens. Certains mais pas lui. Je saisis sa queue. Nathan m'observe, sans comprendre. Il laisse passer quelques secondes, puis il s'agenouille et il commence à se branler. Je fixe la vitesse de sa main. Ça dure un long moment. Je tente d'imaginer ce qui arrive dans son corps, peut-être rien pour le moment, la peur que rien ne monte, la peur de devoir renoncer à sa jouissance comme je viens de le faire ; ce doit être plus difficile pour un garçon, les garçons ne cèdent pas là-dessus.

Enfin, il lâche quelques râles. Ses membres se mettent à trembler légèrement et soudain sa main se stoppe net autour de son sexe. Elle émet quelques impulsions et le sperme jaillit. Nathan a les lèvres entrouvertes. Il est beau, il n'a plus d'âge. Puis c'est le vide.

Il essuie mon ventre et s'allonge à côté de moi. Nathan est le seul garçon de la terre à avoir encore des mouchoirs en tissu.

— Je suis désolé, dit-il.

Je l'embrasse sur le front.

— C'était très bien comme ça.

Les volets n'étaient pas fermés. De l'extérieur, on pouvait apercevoir la faible lueur de la lampe de chevet et la silhouette de maman allongée sous le drap, éteinte. Papa était prostré dans un fauteuil, les lèvres dures, le regard fixe.

Une main s'est posée sur mon épaule. Je n'ai pas bougé.

— Tu rentres tard, a dit Remo.

Maman s'est tournée contre le mur. Papa est resté dans le fauteuil, tête basse, comme un homme qui continue de demander pardon alors que c'est lui qu'on a trompé.

*

— Ils ne m'ont même pas demandé ma carte d'identité...

— Tout fout le camp, a plaisanté mon oncle.

Et il s'est installé derrière une machine à sous.

— Tu as pris combien ? ai-je demandé.

— Cinq cents francs.

— C'est énorme !

Remo a introduit trois pièces dans la machine.

— Par trois ?

— Tu multiplies les gains.

— Tu perds trois fois plus vite, oui…

— On dirait ton père, Lily.

— Si tu es capable de me prouver que je res-semble à mon père, je te paie un whisky et ensuite je vais me jeter par la fenêtre.

Je me suis appuyée contre la machine. Remo insérait les pièces en chaîne, suivant d'un œil alerte les cartes qui s'affichaient sur l'écran électronique.

— Ce n'est même pas une vraie machine avec la manette et tout…

— Peu importe le folklore. Pourquoi est-ce que Vincent n'a pas voulu venir avec nous ?

— Il me fait la gueule, je crois.

— Tu sais pourquoi ?

J'ai haussé les épaules.

— Je crois que c'est à cause de Nathan.

— On ne l'avait pas vu depuis longtemps, celui-là.

— Tu te souvenais de lui ?

— J'ai bien connu son père.

— Il était comment ?

— Assez branque.

— Branque comme maman ?

Il a fait claquer son doigt sur le bouton des gains. Dix pauvres pièces sont tombées.

— Lui, il est malade, Lily. Une vraie maladie.

— Tu devrais changer de machine. Celle-là ne gagne rien.

— Au contraire, a dit Remo.

Je n'ai pas demandé d'explication. J'ignorais la raison pour laquelle j'avais suivi mon oncle au casino à cette heure. J'ai contemplé la vaste pièce qui résonnait de petites musiques discordantes, les machines qui braillaient, les pièces qu'elles avalaient, parfois l'écho métallique de quelques piteuses victoires…

— Tu connais maman depuis combien de temps ?

Remo est resté silencieux quelques secondes, concentré sur le jeu.

— Depuis toujours. On l'a rencontrée la même année, ton père et moi.

J'ai pris une cigarette dans son paquet.

— Tu crois que les gens pensent quoi en nous voyant ? ai-je interrogé en lâchant un rire nerveux.

— Ils ne pensent rien, Lily. Ils jouent. Le jeu n'est pas une drogue conviviale.

J'ai tiré une bouffée sur ma cigarette et j'ai passé une main discrète sur mes yeux pour faire disparaître quelques larmes. Remo a tourné ses gros sourcils grisonnants dans ma direction.

— Qu'est-ce qui se passe, ma douce ?

J'ai serré les lèvres. Mes yeux allaient et venaient autour de nous.

— À ton avis ? Je ne sais pas ce que je fous ici, c'est tout.

— Tu es bizarre, cette année. Prends ma place.

Je n'ai pas bougé.

— Tu crois que papa a été heureux ?

— Qu'est-ce que tu racontes ?

Mon oncle s'est levé et il a désigné le tabouret en cuir.

— Allez… Assieds-toi.

Il m'a tendu le bol en plastique. Il ne restait que quelques pièces.

— Je reviens.

Il s'est éloigné vers le bar. J'ai écrasé ma cigarette et j'ai fixé le bol. Une femme blonde et outrageusement bronzée s'était mise à m'observer. Je me suis mouchée et je l'ai regardée avec mépris. J'aurais voulu fuir ce décor de carton-pâte vulgaire.

J'ai introduit une pièce. Puis deux. Puis trois. Quelques minutes encore et j'aurais tout perdu.

— Alors ? a demandé Remo avec un enthousiasme forcé.

— Tu vois, ai-je soupiré en désignant le fond du bol.

— Tu ne joues qu'une pièce ?

Sans répliquer, j'en ai introduit trois dans la machine. Englouties et perdues aussi sec. J'ai tendu la main vers le whisky de Remo. Il m'a jeté un regard désarçonné. J'ai bu une gorgée et j'ai grimacé.

— Comment tu peux boire ça ? Je t'envie, Remo.

J'ai sacrifié les dernières pièces.

— Tu dois bien trouver une consolation à perdre ton fric et à boire ici.

La machine a fait entendre une petite musique stridente.

— T'inquiète. Je ne te poserai plus de questions.

Papa était assis dans le salon près de la véranda. Une petite lampe éclairait la moitié de son visage.

Remo lui a adressé un geste vague auquel il n'a pas répondu. Mon oncle a disparu dans la cage d'escalier.

— Tu ne vas pas faire comme lui ? ai-je soupiré en désignant le verre qui penchait dans sa main.

J'ai fait quelques pas vers lui. Il avait le même visage qu'à mon retour de la plage.

— Papa ?

Il n'a pas bougé.

— Je te parle !

Il a levé la tête péniblement.

— Lily…

Je me suis assise à côté de lui sur le canapé. Il faisait rouler le verre de whisky entre la paume de ses mains.

— Papa, je peux te demander quelque chose ?

Il s'est mis à cligner des yeux nerveusement.

— Est-ce que tu as été heureux ?

— Ce n'est pas exactement comme ça qu'on dit.

— Tu n'as pas été heureux ?

— C'est autre chose.

Il a tourné la tête, loin de moi.

— Ne me plains pas. Reproche-moi tout ce que tu veux mais ne me plains pas.

Je n'avais jamais pensé à ça. Que papa ne mérite pas qu'on le plaigne. Parce qu'il avait choisi. Il avait trouvé son compte auprès de maman. Son compte de douleur et de vie nécessaire.

— On t'aime, papa.

Il a esquissé un sourire un peu triste, puisé dans le souvenir d'une joie et d'un bonheur qui se sont égarés en chemin depuis toutes ces années.

— Moi aussi, je vous aime. On va continuer comme ça et voilà.

— Vous l'avez rencontrée où, maman ?

— Au lycée.

— Qui l'a aimée en premier ?

Il a soupiré.

— On parlera de tout ça un jour.

— Papa… Tu ne crois pas qu'il serait temps de dire la vérité à Martin ?

Ses yeux ont balayé la pièce, puis il a fini son verre d'une traite.

— Vous avez gagné au casino ?

J'ai fait signe que non et il a passé son bras autour de mes épaules. Il a caressé mon cou. Je suis restée tête baissée, nuque pliée.

— Va te coucher, Lily.

— Et toi ?

— Moi, je reste là.

— À quoi tu penses ?

Maman tourne les yeux vers moi. Elle me fixe, sans la moindre expression.

— Tu ne veux vraiment pas que j'ouvre les rideaux ? Il fait un temps magnifique. C'est sinistre cette obscurité.

Elle fait signe que non. Je viens m'asseoir au bord du lit.

— Tu veux que je te passe de la crème ?

Elle acquiesce. J'ouvre le pot et j'étale doucement une noisette sur son visage blafard. Elle ferme les yeux. Maman est une petite chose aujourd'hui. Maman est toute petite.

— Tu as vu le médecin ?

— Il dit que j'aurais dû arrêter le traitement progressivement.

— C'était une idée de papa, ça encore ?

— Tu descends à la plage ? interroge-t-elle en me regardant fermer le pot de crème.

— À moins que tu veuilles que je reste avec toi.

— Vincent est là.

Je sens son regard sur moi.

— Je suis contente que tu revoies Nathan.

Je lui souris.

— Et puis, je crois qu'il faut que vous appreniez à vous passer un peu l'un de l'autre, Vincent et toi…

— Je ne sais pas s'il comprend.

— Il s'habituera.

Elle soupire, comme revenue à elle-même.

— Ça va ?

Comme d'habitude, elle ne répond pas.

— Tu te reposes et tu ne t'occupes de rien pour le dîner, dis-je. Les garçons iront pêcher des tellines en fin de journée.

— Je ne sers plus à rien, murmure-t-elle.

— Tu vas reprendre le traitement et dans quelques jours, tout ira mieux.

Je me lève.

— Lily…

— Oui ?

Elle a les yeux dans le vague et moi, je n'ai pas envie d'entendre ce qu'elle a à me dire, je n'aime pas l'idée qu'il faille le dire, là, maintenant, pour rattraper quoi ? s'excuser de quoi ?

— Je t'aime.

Paris. Début juillet. Je demande à papa si je peux aller à l'hôpital moi aussi. Il se contente de joindre ses mains devant lui, ce qui veut dire : non. Papa n'a rien trouvé à dire pour contrecarrer la décision de Remo ; aussi exerce-t-il le peu d'autorité qui lui reste en m'interdisant l'hôpital.

— Je veux y aller, dit Vincent.

Papa ne répond pas.

— Je serai de retour dans une heure, dit Remo.

Notre oncle quitte l'appartement.

C'est la première fois que maman reste aussi longtemps rue de la Santé. Je devrais dire Sainte-Anne, mais papa et Remo nous ont appris à dire « rue de la Santé ».

« Santé » et voilà le chien bien muselé, contraint d'étrangler sa rage.

Les deux frères n'ont jamais fait usage des mots qu'à la façon d'une camisole. Ainsi accusent-ils la

63

« fatigue » lorsqu'il est convenu d'évoquer maman :
« Votre mère est fatiguée. » De là, l'axiome parfaitement présentable et inoffensif qui veut que la
« fatigue » mène tout bonnement « rue de la Santé ».

— Nous partons demain à Bénerville, les enfants.

Vincent et moi échangeons un regard inquiet.

Personne ne parle.

— Demain vraiment ? hasarde mon frère qui
serait capable de dire n'importe quoi pour ne pas
avoir à subir ce silence plus longtemps.

Mais papa ne réplique pas. Martin s'est réveillé et
pleure dans son lit.

Ce soir-là, c'est notre petit frère qui aura le dernier mot.

Maman, pourquoi es-tu restée ? Pourquoi ne les as-tu pas abandonnés ?

À cette question, les médicaments ne répondront jamais.

— On peut savoir à quoi vous jouez ?

Papa se tenait au-dessus de nous. Son visage dépassait tout juste du monticule de serviettes de plage qu'il tenait entre ses bras.

— On joue à m'enterrer ! a rigolé Martin, à moitié enfoui dans le sable.

J'ai senti l'animosité de papa se reporter spontanément sur Nathan.

— Je ne trouve pas ça drôle.

Et il a lâché les serviettes à côté de Remo qui a sursauté.

— Tu trouves ça drôle, toi ? a-t-il pris à partie mon oncle, comme l'accusant tout à coup d'être à l'origine de ce jeu.

Remo s'est contenté de l'observer, peu convaincu par la nécessité de devoir se prononcer. Devant cette absence de réaction, papa a déplié sa chaise de plage et s'y est enfoncé sans prononcer un mot de plus.

— Et Susan ? a tenté mon oncle au bout d'un moment.

— Dans sa chambre, a grogné papa. Vincent est avec elle.

Vincent ne descend plus à la plage depuis que Nathan passe ses après-midi avec nous. Nathan vient saluer maman à notre retour et reste presque tous les soirs boire un verre de vin pour l'apéritif. Elle paraît toujours réjouie par sa présence et le couve d'un regard maternel. Vincent finit par réapparaître à un moment donné, sur ses gardes. « Salut l'adopté », lance-t-il à Nathan. Il a cet air mécontent qu'il semble avoir hérité de papa, la verve en plus.

— Ça suffit, ai-je dit à Martin.

— Le cou !

— Sors de là, je te dis. Le jeu est terminé, il est temps de ressusciter.

— C'est quoi ressuscilier ?

— Vingt-deux ! a soufflé Nathan.

J'ai suivi son regard : les Desrosières faisaient leur entrée sur la plage, la mère en tête de file, suivie du mari, un enfant dans chaque main, Annabelle et le petit dernier autour du cou, le gendre, en bermuda beige et chemise blanche, Alexandre, Gilles et deux filles au regard perdu dont j'imaginais qu'elles avaient pris place dans le rôle convoité des pièces rapportées.

Papa s'est levé avec enthousiasme, devant un Remo frappé brusquement de paralysie générale.

— Comment allez-vous ? a fait tonner la mère dans un rire forcé qu'elle voulait avenant.

Au son de sa voix, Martin a rentré la tête dans les épaules. Papa n'a pas eu le temps de répondre.

— Mais il en manque ! a-t-elle enchaîné en nous examinant comme une monitrice qui recompterait ses ouailles.

Je me suis fendue d'un sourire en direction de Gilles et Alexandre. Ils ont plissé les yeux, non pas en guise de réponse mais à cause du soleil, j'imagine.

— Alors quoi ! Susan vous a abandonnés ?

Et, dans l'attente d'une réponse, elle a exhibé deux rangées de dents massives sur lesquelles avait bavé son rouge à lèvres.

— Susan est très fatiguée cette année, a bredouillé papa.

— Fatiguée, mon Dieu…

— Oui, très.

La petite troupe stationnait derrière la mère, ne sachant que faire — installer le campement à côté de nous ou attendre sagement que la mère confirme qu'il s'agissait bien d'une simple halte.

— Je ne reconnais même pas le grand Vincent ! s'est-elle exclamée en désignant Nathan.

— Ah, non : celui-là n'est pas à moi ! a dit papa

avec une voix haut perchée comme s'il tentait de se mettre au diapason. Vincent est à la maison avec sa mère.

— Il est très fatigué cette année, ai-je ironisé entre mes dents.

— Fatigué lui aussi ?

— Oui, très.

Nathan et moi avons réprimé un rire.

— Il y a un avis de coup de vent force 3, est intervenu le père Desrosières d'un air pénétré en toisant l'horizon.

— On a relevé les stores, a dit sa femme d'une voix tourmentée.

Papa a esquissé un sourire crispé.

Gilles et Alexandre avaient déjà entraîné leurs dulcinées vers la mer. Annabelle et son mari tentaient de maîtriser leurs enfants, comme l'on retiendrait entre ses bras trois chats rétifs et gesticulants.

— En route, a susurré la mère comme pour elle-même.

Et elle nous a adressé une dernière grimace hilare.

— À plus tard ! Mes amitiés à Susan !

Ils se sont éloignés comme ils étaient venus. On aurait pu se dire, à les voir traquer d'un œil impérialiste un bout de plage à investir, qu'il était même invraisemblable qu'ils se soient arrêtés pour nous parler.

— Comment tu trouves les filles ? ai-je chuchoté à Nathan.

— Oubliables.

— Je me suis demandé si c'était moi ou bien…

— Non, non : deux oies. Allons nous baigner.

À ces mots, le visage de mon petit frère s'est illuminé et nous nous sommes dirigés vers la mer. Nathan a pris Martin par la main. L'espace d'un instant, j'ai supposé qu'on pouvait le prendre pour notre fils. Quelque chose me plaisait là-dedans.

— Il est où Vincent ? a demandé Martin.

— Vincent, toujours Vincent ! ai-je feint de gronder. Regarde le grand benêt qui te tient la main. C'est aussi bien que Vincent !

Martin a jaugé Nathan le plus sérieusement du monde. Bien sûr, il ne semblait jamais avoir songé qu'on pût concurrencer son grand frère. Il a continué à trotter, estimant probablement ma suggestion à son goût, puis, voyant la mer se rapprocher, il s'est mis à courir vers elle.

Minuit passé. J'ai embrassé Nathan et je suis remontée à La Viguière. J'ai trouvé maman et Vincent au salon. Mon frère avait sorti le vieux projecteur et installait une bobine super-8. Maman était assise sur une chaise droite, le visage fermé, attentif.

— Qu'est-ce que vous foutez là à cette heure ?

— Ne fais pas trop de bruit, a-t-elle chuchoté sans me regarder.

— Tout le monde dort ?

Maman a acquiescé. Vincent a mis en marche le projecteur.

Une petite route de bocage est apparue sur le mur blanc. L'image était floue par moments. La caméra a zoomé sur la maison de mes grands-parents, ses colombages émaillés de géraniums aux fenêtres. Puis elle s'est recentrée sur la route — maman marchait derrière deux poussettes jumelles, accompagnée de ses parents emmitouflés dans des manteaux en veau

71

retourné ; maman portait de ces lunettes noires qui mangent tout le visage ; on ne voyait que son large sourire, adressé probablement à papa derrière la caméra. Il y avait aussi nos visages d'enfants surexposés, deux taches blanches au-dessus desquelles on devinait la laine rouge des bonnets.

— Vous aviez onze mois, a dit maman.

Ses lèvres semblaient retenir quelque chose. Un sourire peut-être, celui qu'elle a perdu depuis quelques mois et qui est sans doute la première chose qu'on remarquait chez elle.

Sur le mur blanc du salon, elle continuait à marcher, extraordinairement jeune, interpellant ses parents de temps à autre.

L'image a brusquement disparu. On n'a plus entendu que le ronflement du projecteur, accompagné de l'odeur chaude du ventilateur.

Il n'est rien de pire, me suis-je dit, que de regarder ces petits bonshommes avancer plus vite qu'à la normale — c'est là qu'on vous les arrache avec le plus de violence.

Je sais ce qu'est le temps : une bobine qui vous restitue la torture des choses dérobées et, pour finir, au bout de trois brèves minutes, crache un blanc clair et définitif.

Dans la maison que papa louait en bas de la colline avant l'achat de La Viguière. Vincent hilare. Un

72

léger strabisme, disparu pendant l'enfance, lui donne un air débile et angélique. Je dors dans les bras de maman. Remo jette sur nous un regard attendri. Des adultes, autour de nous, que je ne reconnais pas. Je pourrais demander à maman de qui il s'agit. Je ne demande pas. Peut-être certains sont-ils morts. D'autres perdus de vue.

De la joie. Une illusion du bonheur. De ces sourires que l'on force devant une caméra par embarras, de ces regards qui fuient l'objectif et capitulent finalement en prenant la pose comme pour le temps d'une photo.

On peut tout imaginer. L'ennui impassible derrière la vitalité feinte, quelques instants de jubilation vraie aussi. Une chose est sûre : l'image que nous voyons a plus de quinze ans ; comme certaines étoiles brillantes dans le ciel, elle envoie vers nous une lumière qui ne doit pas nous faire oublier qu'elle a disparu depuis longtemps.

— Va remettre ce coussin où tu l'as pris.

Mon petit frère a fait une moue déçue et il est retourné au salon à contrecœur.

Assise en tailleur sur la terrasse, j'ai observé la boîte à chaussures dans laquelle j'avais proposé à Martin d'aménager une maison pour Micky. Le petit chat dormait tranquillement non loin de là, le flanc offert aux rayons brûlants du soleil, la tête renversée sur le carrelage.

J'ai levé le nez vers la mer. Maman n'avait pas quitté son lit de la journée et n'avait voulu voir personne. Papa, Vincent et Remo étaient descendus à la plage.

Martin est revenu, un torchon à la main.

— Qu'est-ce que tu veux faire avec ça ?

— C'est pour son lit, a dit Martin d'une petite voix.

J'ai examiné le torchon.

— OK. Après tout, on en a des dizaines comme ça.

Je l'ai glissé délicatement au fond de la boîte. Mon frère s'est mis à dessiner des fenêtres aux proportions aléatoires sur le carton. Je me suis emparée d'un feutre et j'ai écrit au-dessus de ce que j'imaginais être la porte d'entrée : MICKY.

— Maintenant il faut décider de l'endroit où on va la mettre.

Martin a regardé autour de lui. Il a haussé les épaules et s'est replongé dans ses dessins. Quand il a estimé avoir achevé son œuvre, il a fait quelques pas vers le chat.

— Non, ne le réveille pas !

— Mais c'est pour le mettre dans sa maison…

— Après. Pour le moment, il dort.

Une porte a claqué à l'avant de la maison.

— Déjà rentrés ? ai-je pensé à voix haute.

J'ai tendu l'oreille. On n'entendait que le sifflement du vent qui montait avec la marée.

— Bouge pas, je reviens.

J'ai réintégré la maison et j'ai traversé le couloir qui conduit au salon. Personne. Je me suis postée devant la chambre de maman. J'ai ouvert tout doucement la porte. Les rideaux étaient tirés et le lit défait mais maman n'était plus là. Je suis retournée dans le hall.

— Maman ?

J'ai laissé passer quelques secondes.

— Maman ?

Et c'est comme si j'avais compris. À cet instant précis, quelqu'un en moi s'est dit : trop tard. La poitrine battante, je me suis précipitée à l'arrière de la maison et j'ai pris Martin dans mes bras.

— Qu'est-ce qui y a ?

J'ai couru sur le chemin qui mène à la plage. Mon petit frère s'est accroché à mon cou, jetant autour de lui des regards inquiets. La plage est apparue au-dessus des herbes qui couvrent la colline. J'ai balayé des yeux la portion de sable en bas du remblai. Mes bras tremblaient. J'ai serré mon petit frère et je me suis engagée sur le chemin qui monte vers le sommet de la falaise. Nous avons croisé quelques promeneurs qui redescendaient. Ils nous ont regardés passer d'un air intrigué. Une fois arrivée là-haut, j'ai posé Martin à terre.

— Donne-moi la main.

Nous avons progressé sur le sentier qui longe le vide et les rochers en contrebas. J'avais le souffle court mais j'ai marché de plus belle, tirant Martin qui avait du mal à suivre mon rythme. C'est là que j'ai aperçu sa silhouette. Figée au-dessus de l'abîme. Martin l'a désignée du doigt.

— J'ai vu, j'ai vu, ai-je dit.

J'ignorais ce que Martin voulait dire et s'il avait compris quoi que ce soit. Je fixais maman, raide et maigre, qui penchait imperceptiblement vers le vide. Elle a passé une main dans ses cheveux.

J'ai entendu un cri derrière moi :

— Maman !

C'était Vincent qui nous avait rejoints et se tenait à vingt mètres environ.

Maman s'est tournée vers nous. J'ai lâché la main de Martin et j'ai avancé lentement. Au bout de quelques pas, j'ai observé mes frères derrière moi. Martin me suivait du regard avec effroi. D'une main, Vincent retenait les mèches de sa frange ébouriffée.

Je me suis approchée d'elle sans rien dire. Elle avait un pied à moitié dans le vide et me fixait avec des yeux détruits. Elle avait enfilé la robe de lin beige qui laissait entrevoir ses cuisses amaigries et fatiguées.

Martin a hurlé de toutes ses forces :

— Maman !

Elle a relevé les yeux droit devant elle, inflexible, contemplant la mer étale.

Je lui ai tendu la main. Elle l'a observée puis elle a baissé la tête vers les vagues qui battaient contre les rochers juste en bas.

J'ai gardé la main tendue. J'ai fermé les yeux.

C'est alors que j'ai senti ses doigts saisir les miens.

Papa et Remo se tenaient sur le pas de la porte.

Maman s'est avancée vers l'entrée. Vincent, Martin et moi sommes restés à quelques mètres derrière elle. Les deux frères se sont écartés sur son passage. Elle a gravi les marches du perron en se tenant à la rampe et elle a disparu à l'intérieur de la maison.

— Où étiez-vous ?

— Nulle part.

Nous n'allons plus marcher sur les laies de mer, Vincent et moi. Sitôt le dîner terminé, je vais embrasser maman. Elle ferme les yeux et esquisse un rictus misérable. Maman ne quitte presque plus la chambre. Le médecin affirme qu'il faudra attendre trois semaines avant de pouvoir constater les premiers effets du traitement.

Papa monte se coucher. Remo part se réfugier au casino.

J'adresse un regard furtif à mon frère, immobile dans le salon. Je lui demande une ou deux cigarettes. Juste pour prononcer quelques mots avant de partir. C'est Nathan qui les fumera.

Il dit :

— Tu vas le retrouver ?

Je réponds :

— Oui.

Je descends le chemin qui mène à la plage.

Nathan m'attend en bas. Je le rejoins, sans savoir trop pourquoi, sinon pour fuir la maison.

Nathan plante des feux de Bengale. Il les allume pour moi. Ça me laisse froide mais je souris vaguement. Il vient asseoir à côté de moi son enthousiasme indéfectible. Il force sa vitalité pour m'arracher un sourire. Il est cet autre automate qui suit ma danse absurde. Il m'accompagne dans ce mime surjoué. Je lui joue la comédie de qui continue à venir pour trouver une échappée salutaire. Il me joue la comédie de qui croit pouvoir être capable de me la procurer. C'est tout ce que nous avons à faire, jouer à ne dissimuler qu'à moitié le vide qui nous a gagnés.

Nous ne faisons plus l'amour. Je me laisse enlacer, embrasser parfois, sans trop répliquer. Nathan prend le peu que je lui laisse prendre.

Bientôt, l'été sera terminé.

Nathan a posé un bras autour de mes épaules. J'ai continué à fixer la mer, invisible, puis j'ai fouillé la poche de mon jean. Je lui ai tendu l'alliance de maman :

— Je voudrais que tu la gardes.

— Moi ?

Il a pris l'alliance et l'a retournée entre ses doigts.

— Elle te l'a donnée ?

— Tu vois bien.

— Et tu ne veux pas l'avoir avec toi ?

J'ai haussé les épaules.

— J'ai toute ma vie pour décider de ça.

— Qu'est-ce qui te dit qu'on se verra toute la vie ?

— Je le sais, c'est tout.

Nous nous sommes tus un long moment.

— Dans une semaine, c'est la Saint-Christophe, a-t-il dit. Vous n'aurez qu'à vous mettre là pour être bien en face.

Et il a désigné le blockhaus en bas du chemin.

J'ai fait oui de la tête et j'ai de nouveau tourné mon regard vers la mer.

Je n'ai pas dit à Nathan que tout dépendra de l'état de maman. Aura-t-elle le courage de descendre sur la plage ?

Sans doute préférera-t-elle s'installer derrière les grandes vitres de la véranda. De là, nous ne manquerons rien du spectacle.

Deuxième partie

Le livre de Vincent

Été 1990

— Vincent ! a crié Martin. Viens !

J'ai rincé le sable sur mes pieds et reposé le tuyau d'arrosage.

Martin était plongé dans l'obscurité de la cave. J'ai allumé l'ampoule, à droite de la chaudière, et je me suis penché au-dessus de la vieille table où gisait un énorme poisson.

— C'est la carpe de Remo, a commenté mon petit frère.

— C'est quoi encore cette histoire ?

— Il l'a achetée y a quatre jours, elle est toujours pas morte. Il dit que ça peut vivre jusqu'à cent ans !

— Le bain ! a grondé mon père qui nous cherchait dans le jardin.

J'ai fait signe à mon frère de se grouiller. Il est remonté précipitamment, a ôté son maillot en chemin et s'est engouffré dans la salle d'eau.

— Sois gentil, Martin ! s'est plaint papa en le suivant des yeux.

— Martin est gentil.

— Tu as vu l'heure ? Le dîner est prêt au moins ?

— Je m'occupe de tout, est intervenu Remo qui surgit toujours quand on ne l'attend pas.

Je me suis immobilisé à sa hauteur.

— Tu as acheté une carpe ?

Mon oncle a approuvé.

— C'est dégueulasse, la carpe.

— Farcie. C'est ma spécialité.

— C'est bien la peine de venir à la mer pour manger une saloperie élevée en eau douce… En attendant, elle bouge encore.

— Vincent, je t'ai demandé de t'occuper de Martin ! a répété papa à bout de nerfs.

J'ai refermé la porte de la salle de bains derrière nous. Martin s'est plongé dans l'eau.

Quelles que soient les circonstances, papa est toujours rattrapé par le sentiment d'être débordé. Qu'il s'agisse du repas (qu'il ne prépare jamais), de Martin (dont il ne s'occupe pas), des courses (où il envoie Remo), mon père trouve immanquablement le moyen de déplorer notre organisation, dispersant ses ordres d'une voix lassée, comme s'il s'adressait à des enfants qui ont déjà beaucoup trop tiré sur la corde et n'en retiennent aucune leçon.

Martin, lorsque son attention n'est pas occupée à autre chose, regarde faire, comme accumulant ces petits faits de l'existence pour plus tard, lorsqu'il aura acquis suffisamment de clairvoyance pour en percer la vérité et comprendre enfin l'agitation curieuse qui remue la maison.

Mon frère est sorti de la baignoire. Je lui ai tendu la serviette. Je me suis déshabillé et je me suis plongé dans l'eau à mon tour.

Tout en me savonnant, je l'ai regardé planté devant la glace, essayant de se faire la raie sur le côté comme Lily le lui a appris. Je me suis moqué. Il s'est retourné vers moi, vexé.

Dans quelques années, Martin refusera que nous partagions la salle de bains. Il s'enfermera et son corps peu à peu transformé le rendra plus introverti encore qu'il n'est aujourd'hui. Il ira sans doute chercher des prétextes invraisemblables pour justifier sa pudeur. Ce sera un adolescent ingrat qui nous fera regretter l'enfant. Jusqu'à ce qu'il s'accomplisse et redevienne pour nous digne de fierté. Mais peut-être Martin ne sera-t-il rien de tout ça. Peut-être restera-t-il cet enfant craintif qui s'en remet sans cesse à nous. Flattés dans notre amour, nous prétendrons ne pas savoir ce qui aurait été préférable pour lui.

— Je peux prendre ton parfum ?

J'ai fait signe que oui et il s'est aspergé le visage en plissant des yeux.

— Tu en as mis pour deux, Martin !

Mon frère a reposé le flacon avec une sorte de découragement, comme tristement acquis à l'idée qu'il ne saurait jamais rien faire correctement. Son regard s'est perdu dans le vide. Puis, se ressaisissant, il s'est engouffré dans le couloir et il a couru au premier étage chercher ses affaires.

J'entends mon père poursuivre Martin. Je plonge ma tête dans l'eau. D'ici, les bruits me parviennent assourdis et lointains. Je suis bien.

*

Les longs après-midi sur la plage n'égaleront jamais la morne éternité des dîners avec papa et Remo. À l'empressement des préparatifs succède une sorte de silence embarrassé que seul le tintement des couverts vient habiter. Je me surprends souvent à observer mon père et mon oncle, assis chacun à un bout de la table, comme perdus dans l'attente que le fantôme de maman intervienne. Mon petit frère s'est depuis longtemps inventé des échappées (la cire des bougies qu'il malaxe entre ses doigts) dont mon père le tire à intervalles réguliers, le ramenant au vide laborieux du dîner. On dirait qu'une loi secrète interdit à quiconque de fuir la brassée de néant que sont nos repas. Un tribut à payer, qu'on l'ait mérité ou non, hérité de je ne sais trop quelle fatalité. L'absence de maman probablement, qui résonne dans la tête des deux hommes et qu'ils nous renvoient sans cesse au visage.

Lorsque quelques mots sont prononcés, il n'est jamais question de Lily ou de moi. C'est toujours vers Martin que se porte l'attention, soit qu'il n'ait pas fini son assiette, soit que l'un des deux se mette en tête de le faire parler. L'ordre naturel des priorités semble s'être étrangement inversé dans notre famille : là où d'ordinaire l'aîné se voit dépositaire de toutes les attentes, c'est à Martin qu'est dévolue cette place dommageable. Au début, Lily et moi avons trouvé là de quoi nous faire oublier un moment. Mais très vite un sentiment d'injustice à l'égard de notre petit frère nous a rattrapés. Pour autant, nous ne savons pas s'il vaut mieux fustiger devant lui l'instance paternelle (à deux têtes) ou laisser l'autorité arbitraire s'exercer… Nous balançons de l'un à l'autre, désamorçant vaille que vaille les colères et bouderies de Martin en le prenant par les sentiments lorsque l'hydre a tourné le dos.

— Arrête de jouer avec la cire, dit mon père.

Martin abandonne à regret le monstre qu'il s'apprêtait à achever et reste droit devant son assiette. Papa lance un regard repu sur la table et, au moment où Lily et moi allumons une cigarette, il nous fait signe de débarrasser.

— On a le temps, proteste ma sœur.

Mon père se lève, contrit, et commence à empiler les assiettes. Nous prenons alors le relais.

— Je n'en peux plus de ces deux spectres, ai-je glissé à Lily qui alignait les verres dans le lave-vaisselle.

— C'est comme ça tous les ans, a mollement opposé ma sœur.

— Si je m'écoutais, je rentrerais dès demain. Comment tu fais pour supporter ça ?

— Rentre à Paris si tu veux…

— Je reste pour Martin.

— Et moi ? a souri tristement Lily.

— Toi, tu sais te défendre. Tu es sortie d'affaire.

— Si tu le dis…

— Dans quelques années, je ne reviendrai plus.

— Bien sûr que si, tu reviendras. Tu as aimé la carpe de Remo ?

— Immonde.

J'ai versé le liquide vaisselle et j'ai enclenché la machine. Ma sœur s'est plantée derrière moi et elle m'a entouré de ses bras.

— C'est aujourd'hui, a-t-elle sangloté.

— Je sais. Tout le monde est à cran.

— Papa aurait pu demander une messe anniversaire…

— Tu y tenais vraiment ?

— Il y a cinq ans encore, il l'aurait fait.

Je me suis retourné vers elle et je l'ai prise dans mes bras.

Lily est probablement la seule à avoir réellement connu maman. Il y a toujours eu une compréhension immédiate, comme acquise d'emblée, entre la mère et la fille. Je me rappelle, le dernier été, les heures passées au bout du lit dans la chambre du rez-de-chaussée. J'écoutais attentivement maman et il me semblait que quelque chose me résistait, qui me serait toujours refusé. Lily était allongée contre elle ; elle tournait une mèche de cheveux entre ses doigts, le regard ailleurs, comme au fait de ce que maman avait à dire avant même qu'elle ne l'eût dit.

En septembre prochain sortira mon premier livre. J'aurais tellement aimé que tu le lises, maman. Tu y aurais sans doute trouvé tout ce que tu pressentais ou savais de moi et que, pour ma part, je ne savais pas.

— Il faut que je me calme, a dit Lily en se dégageant de mes bras. Je ne veux pas que Martin me voie comme ça.

— Pourquoi est-ce que vous tenez tellement à

le protéger ? Je suis sûr que vos sourires forcés l'angoissent infiniment plus. Martin a très bien compris.

— Que veux-tu qu'il ait compris…

Lily a tourné les talons. Je suis resté seul dans la cuisine.

C'était il y a sept ans maintenant.

Le jour commençait à peine à se lever. Papa et Remo n'étaient toujours pas rentrés de l'hôpital. Martin dormait encore. Nathan a proposé de refaire du café. Lily s'est mouchée, abandonnant le Kleenex sur la table du salon au milieu des autres.

En rentrant de la plage, ma sœur avait vu l'ambulance garée devant la maison. Il devait être deux heures du matin. Elle avait tout de suite compris et nous avait rejoints dans la chambre de maman. Elle avait tenu sa main jusqu'au dernier moment, lui parlant avec obstination, comme dans l'espoir qu'elle finisse par prononcer ne serait-ce que quelques mots. Mais il était trop tard. Maman avait avalé des médicaments à haute dose en milieu de matinée. La « fatigue » constatée en fin d'après-midi par papa n'était en vérité que les prémices d'un coma sans retour qui aurait raison d'elle en milieu de nuit.

Avant de partir avec l'ambulance, papa a fait disparaître les boîtes de médicaments qui gisaient sur la table de nuit. Je l'ai regardé faire avec mépris. Que voulait-il encore nous cacher que nous n'avions pas deviné ?

Lily s'est effondrée sur le lit. Elle a réclamé Nathan. Je suis allé immédiatement lancer des cailloux à sa fenêtre. Il a passé le reste de la nuit à veiller avec nous.

Il devait être sept heures. Je n'avais toujours pas versé une larme, étrange rémission qui s'avérerait de courte durée. Lily, elle, sanglotait par vagues. Parfois, elle n'avait plus que la force d'une grimace qui tordait son visage puis laissait place à de longs gémissements incrédules.

Tout était étrangement calme dans la maison, comme un matin où nous nous serions levés plus tôt que d'habitude. La fatigue ne pesait rien. Nous nous sentions absents au monde, rivés sur l'image de maman qu'on venait d'emporter sur un brancard, maman qu'on ne reverrait plus. Impossible pour nous d'admettre la réalité que cette nuit agitée et éplorée recouvrait. Il faudrait des années pour cela, des années d'absence, la vie et l'envie sur le fil, des années pour seulement prendre acte. Et ces nuits d'oubli dont nous ressortirions comme inconscients pour reprendre, en l'espace de quelques secondes, la mesure du cauchemar dans lequel nous étions plongés et auquel le sommeil ne nous arracherait jamais que pour quelques heures.

Nathan, sans doute parce qu'il s'est trouvé sur notre chemin cet été-là, est resté très lié à nous depuis sept ans. Il est comme définitivement entré dans la famille le jour du suicide de maman. Cela, je l'ai su immédiatement : je l'ai regardé servir le café et j'ai su qu'il ne nous quitterait plus ; il s'était inventé chez nous une famille d'adoption. Lily l'y avait invité en premier, puis maman. Enfin, il avait été là toute la nuit à nos côtés. Quelque chose dès lors était scellé.

— Qu'est-ce qu'ils foutent ? ai-je marmonné. Martin va bientôt se réveiller.

Je me suis tourné vers Lily.

— C'est vraiment à nous de lui dire ? ai-je hésité comme pour justifier mon impatience.

Ma sœur m'a observé en silence, me laissant implicitement trouver la réponse tout seul.

— Je peux lui parler si vous voulez, a dit Nathan. Il m'aime bien.

— Tu t'en sens capable ?

Nathan a fait signe que oui sans nous regarder et il a bu une gorgée de café.

— C'est de la pisse. Désolé.

— On veut bien que tu ailles parler à Martin, a dit Lily.

— C'est très dur ce qu'on te demande. Tu as le droit de refuser.

Nathan n'a pas répliqué.

Papa et Remo ne sont rentrés qu'en milieu de matinée. Nous n'avons jamais su ce que Nathan a dit à Martin. Notre petit frère est resté de longs jours silencieux, sans larmes. Il nous a regardés pleurer. C'est le seul souvenir que j'ai de lui dans les jours qui ont suivi la mort de maman — Martin nous regardant pleurer.

Le soir même, nous avons laissé papa et Remo à la maison et nous avons descendu, Lily, Martin et moi, le chemin qui mène à la plage. Nous nous sommes installés au pied du blockhaus et nous avons regardé le feu d'artifice de la Saint-Christophe. Lily fixait l'horizon, les yeux noyés. Moi, je serrais Martin, assis en tailleur entre mes bras, le dos calé contre mon buste. Je respirais ses cheveux, les yeux fermés, tandis que se déployaient dans le ciel les gerbes bigarrées que tirait Nathan un peu plus loin sur la plage. Martin suivait le spectacle en silence. Peut-être les lumières éclatantes du feu d'artifice l'aidaient-elles à apercevoir, tapi très loin dans le ciel, le sourire de sa mère.

C'était il y a sept ans.

Quelques jours après les résultats du bac (que nous avons obtenu tous les deux de justesse), ma sœur a décidé de s'exiler deux mois sur une île grecque avec des amis du lycée. De mon côté, j'ai eu besoin de retourner à La Viguière dès que possible, sous peine de ne plus jamais être capable de l'approcher ou seulement de loin, comme une maison d'enfance que l'on revient voir des années après — immobile devant le porche, on inventorie, le cœur plus serré que jamais, l'ingratitude des murs qui ne nous reconnaissent plus depuis que d'autres habitants les ont investis ; la couleur des volets et des colombages a changé, passant du brun classique au vert plus en vogue, les barrières ont été remplacées à la suite d'une tempête ; quelque chose refuse à nos souvenirs tout droit de cité, voilà quel était leur destin — suivre notre éloignement, apatrides où que nous allions, toujours voués à flotter sans plus pouvoir se poser nulle part ni bâtir dans les murs grêlés ce que l'on nomme communément l'âme d'une maison.

Dès la première année, Nathan a pris ses quartiers d'été chez nous. L'état de son père allant de mal en pis, sa maison restait à présent inoccupée. Il nous a aidés à rénover tout ce que nous avions laissé partir à vau-l'eau.

Papa et Remo ont fait le vide autour d'eux. Les Desrosières n'ont jamais remis les pieds chez nous. Aujourd'hui, ils se contentent de nous saluer sur la plage avec un air de commisération. Ils se tiennent à distance, comme devant des gens devenus brusquement infréquentables. Il doit leur arriver de faire allusion à nous entre eux, nous plaignant trois minutes pour finalement se repaître de leurs bons sentiments et oublier par là même que nous ne les intéressons plus du tout, amputés et déprimants, la mine pas aussi réjouie que les années précédentes, contagieuse peut-être. Ils nous regardent avec la méfiance que l'on réserve à ceux qui ont refusé de venir s'expliquer en place publique et ont gardé leur vie, leur chagrin pour eux. La pudeur a mauvaise réputation. Il faut montrer patte blanche, où que l'on aille et fût-elle noire de boue, la patte ; cela vous fait une meilleure carte de visite que de vouloir vivre sa vie sans brader les moindres détails à qui voudrait sa curiosité rassasiée (et se fait bien souvent passer pour un ami trahi par votre réserve). Bon débarras.

Début août, nous avons reçu un coup de fil de Lily qui désespérait à Páros. Elle nous a rejoints quatre jours plus tard et a passé le reste de l'été avec nous.

L'une des premières paroles de Nathan, lorsqu'il nous a vus installés sur la balancelle du jardin, a été :

— Je comprends seulement maintenant à quel point elle vit en vous.

— Qu'est-ce que tu veux dire par là ? a demandé Lily qui avait toujours du mal à envisager autre chose que ce que nous vivions alors — la perte sèche et sans compensation.

— Je ne sais pas comment dire autrement. Il y a quelque chose d'elle qui est là. Que je vois quand je vous regarde.

Lily m'a adressé un regard triste et résolu. Il était trop tôt pour qu'elle prenne la mesure d'une telle remarque.

Cet été-là, Lily et moi avons pris la décision de louer un appartement ensemble pour notre entrée à l'université. Il était alors encore facile de se loger à Paris et nous avons emménagé dans le quinzième arrondissement. Je me suis inscrit en lettres, Lily en médecine. Ma sœur a entrepris ses études avec un sérieux sans faille tandis que j'ai préféré empiler des chapitres de roman en espérant pouvoir un jour en terminer un et faire de l'écriture mon activité principale. Déjà, je ne me voyais ni dans un bureau ni dans une classe. Il m'est arrivé parfois de regretter n'être pas formaté comme ces amis d'enfance qui, les uns après les autres, faisaient leur miel des écoles de commerce et allaient exercer leur cynisme dans le marketing ou la publicité. J'ai persisté malgré tout à griffonner mes bouts d'histoires et n'en ai plus trop parlé, de peur qu'on ne sanctionne en moi ce que j'avais encore de bonnes chances de devenir — un écrivain raté, forcé de se trouver un jour ou l'autre un vrai métier.

Notre vie avec papa et Remo allait s'organiser une bonne fois pour toutes dès l'année de la mort de maman — déjeuner chez l'un le mercredi et dîner chez l'autre le dimanche. En dehors de ces rendez-vous hebdomadaires, nous nous contenterions de brefs appels téléphoniques pour confirmer la pérennité sans surprise de cet emploi du temps familial.

En l'absence de maman, papa a connu un regain d'énergie, peut-être pour ne pas baisser les bras définitivement, sans doute aussi parce qu'il fallut bien prendre en charge Martin, quoique Remo l'aidât en toutes circonstances, donnant singulièrement l'impression que c'était lui qui élevait notre petit frère.

Nathan, qui végétait littéralement à l'époque, a assisté à nos dîners de famille presque systématiquement. Il a connu tous les garçons que Lily a décidé de nous ramener. À chaque prétendant, les présentations ne variaient pas, Lily affichant cette inconséquence qui semblait dire que le jeune inconnu pénétrait très certainement l'antre familial pour la première et la dernière fois. Parfois, le pauvre garçon durait quelques mois, jamais plus de six. Nathan et moi dressions au soir de la séparation un bilan cruel et rieur, sous l'œil dépité de ma sœur qui ne manquait jamais de s'accuser de tout.

De mon côté, je me suis fourvoyé quelques années dans le lit de filles rencontrées au hasard de soirées, les fuyant au réveil avec la crainte qu'une nuit de plus ne puisse constituer le début d'une histoire. La seule fille dont je me suis senti amoureux restera Jeanne. J'ignore ce qui m'est arrivé et m'a fait basculer de mes rails huilés et désabusés. Je me suis d'ailleurs bien gardé de chercher une explication — craignant peut-être d'être tombé amoureux par fatigue de l'avoir attendu (ce qui m'eût porté à croire que j'étais à l'origine d'une imposture), ou me persuadant qu'on aime vraiment du jour où l'on ne sait plus pourquoi. Jeanne a été la première à supporter mes silences et mes sombres emportements, la première à entendre avec justesse le chagrin qui me reprenait à intervalles réguliers (elle avait perdu ses parents dans un accident de voiture ; ce funeste rapprochement, autant qu'on puisse le trouver absurde ou d'un romantisme adolescent, nous a permis malgré tout de partager un peu de ce qui ne se partage pas). Jeanne a été aussi la première dont j'aimais à ce point le corps et qui a su me sortir de la morne sexualité dans laquelle je m'étais installé. Pour autant, je ne l'ai guère invitée à partager nos dîners familiaux, prétextant qu'il était hors de question de lui infliger pareil ennui, plus vraisemblablement parce que cinq ans passés ensemble ne m'avaient pas totalement convaincu. Convaincu de quoi, je ne saurais le dire... Contrairement à Lily, j'ai toujours pensé que le meilleur était à venir. Il y a en moi un rêveur buté prêt à tout saborder, persuadé qu'il est donné à chacun de traquer la perfection où qu'elle se trouve et en toute impunité.

Quant à Martin, il nous a semblé un moment qu'il était tombé amoureux de sa maîtresse de CM 2 puis de son meilleur ami, mais nous n'en avons jamais eu la preuve.

— Tu préfères aller marcher de quel côté ?

Mon petit frère a avisé les lumières de la ville à droite. Il a désigné les blockhaus et la falaise à l'opposé.

— Ce n'est pas très éclairé par là-bas…

— Y a la lune, a-t-il rectifié.

Nous avons gravi les marches du remblai qui longe la plage. J'ai allumé une cigarette. Martin a fait un geste pour écarter la fumée. Mon frère adore me faire la morale à ses heures.

— J'en ai marre de Remo, a-t-il lâché.

— Ça manquait…

Martin a grimacé en signe d'incompréhension.

— Tu disais déjà ça l'été dernier.

— Ça m'étonnerait, a-t-il protesté comme défendant une trouvaille qu'il aurait voulu faire passer pour inédite.

— Qu'est-ce que tu n'aimes pas chez Remo ?

— Il est toujours après moi.

— Il t'aime beaucoup, alors il s'occupe de toi.

— Tout le monde s'occupe de moi. Je peux jamais être tranquille.

Je me suis immobilisé.

— Je te laisse là alors ? ai-je proposé le plus sérieusement du monde. Sa Majesté a besoin de solitude ?

Martin a éclaté de rire et il m'a poussé en avant.

— Toi, c'est pas pareil.

— Quel privilège.

— Par exemple...

Il s'est interrompu, concentré, sourcils froncés.

— Je t'écoute...

— Bref, il est chiant, a conclu mon frère ne semblant pas trouver d'argument contre Remo.

— Écoute, Martin. Papa a toujours été proche de lui. Et puis, Remo s'entendait très bien avec maman. Il n'y a aucune raison pour qu'il ne passe pas ses vacances avec nous.

— Je voudrais juste qu'il me lâche ! Je le vois déjà toute l'année !

— Dans ce cas, je lui dirai demain.

— Ah non ! s'est écrié Martin, paniqué à l'idée de devoir assumer brusquement ses haines velléitaires.

— Que de la gueule ! ai-je ri.

— Tu dis rien, Vincent !

— OK. Mais toi, tu arrêtes de cracher sur lui.

— Et d'abord, pourquoi il est pas marié ?

— Qu'est-ce que j'en sais…

— C'est pour ça qu'il nous colle. Il est malheureux.

— Salut, a dit une voix devant nous.

J'ai fait quelques pas dans l'obscurité. J'ai serré Nathan dans mes bras. Martin s'est précipité à son cou.

— Je croyais que vous arriviez samedi ?

— Papa a bousculé nos plans au dernier moment. Tu le connais… Tes parents sont là ?

Nathan a fait signe que non.

— Ce n'est pas trop glauque là-haut ? ai-je demandé.

— Lugubre.

Nous avons repris le chemin de la maison. Martin marchait devant, chassant du pied des coquillages.

— Tu as une cigarette pour moi ?

J'ai tendu mon paquet et mon briquet à Nathan. J'en ai pris une aussi. Il me l'a allumée. J'ai entouré la flamme de mes mains. Lorsque j'ai relevé la tête, Nathan me fixait.

— Vous m'avez manqué. J'ai l'impression qu'on ne s'est pas vus depuis des mois.

— Les derniers partiels…

Martin a couru dans notre direction.

— Vous êtes lents !

— Dis-moi, Martin, a lancé Nathan, quand est-ce qu'on se le fait, ce feu d'artifice ensemble ?

— Papa, il veut pas…

— On le fera en cachette. Un peu plus loin vers les rochers…

— C'est vrai ?

— Promis.

— Ils ont tué Micky, a enchaîné mon petit frère d'un air penaud.

— Martin…, ai-je soupiré. Tu ne vas pas recommencer avec ça.

— Qu'est-ce qui s'est passé ? a demandé Nathan.

— Sida des chats. On a dû le faire piquer avant de partir.

— Ils me l'ont même pas dit ! a geint mon petit frère.

— On n'allait pas t'emmener, Martin…

Micky déclinait de plus en plus ces dernières semaines. Nous connaissions le verdict. C'est papa qui a pris la décision. Ce jour-là, Lily a retenu Martin dans sa chambre et nous avons kidnappé la pauvre bête pour l'emmener chez le vétérinaire. Il était placide et doux, comme il l'a toujours été. Nous sommes rentrés, le cœur serré, sans savoir comment annoncer la nouvelle à Martin. Mon petit frère s'est évidemment senti trahi. Papa a estimé, en fin psychologue, qu'il n'en parlerait plus une fois la nuit passée.

Nathan nous a accompagnés devant la maison. J'ai tendu la clef à Martin.

— Vas-y. Je dis bonsoir à Nathan et j'arrive.

Martin a disparu derrière les thuyas.

J'ai baissé les yeux vers la main de Nathan. Il portait l'alliance de maman.

— On se voit quand ? a-t-il demandé.

— Passe à la maison quand tu seras levé.

J'ai pris sa main et j'ai passé un doigt sur la bague.

— T'inquiète. Je la retirerai devant ton père.

L'obscurité a bientôt englouti les contours de sa silhouette.

Martin m'attendait dans le salon.

— Il faut pas le dire à papa, a-t-il murmuré, un doigt sur sa bouche.

— Qu'est-ce qu'il ne faut pas dire ?

— Qu'on va tirer un feu d'artifice avec Nathan… Je lui ai souri.

— Non, on ne dira rien.

— C'est un secret, a-t-il murmuré.

Un jour, tu sauras ce qu'il en coûte de porter les vrais secrets, ai-je pensé en regardant mon petit frère filer dans sa chambre. Un jour, tu comprendras que pas une heure ne se passe sans qu'il ne faille se taire, composer et se tenir droit pourtant, comme innocent, alors que croupissent dans nos consciences des décharges entières que nous avons mis un point d'honneur à traîner en silence, certains que personne n'y verra rien, quand nous puons et nous trahissons sans même nous en apercevoir.

— Martin est couché ?

J'ai acquiescé et je suis entré dans la chambre de maman. Lily était allongée sur le lit, un livre à la main.

J'ai fait quelques pas dans la pièce. Papa et Remo n'y viennent plus jamais, comme aux portes d'un mausolée dont ils ne sont que les gardiens. Lily et moi avons pris l'habitude d'y passer de longs moments. Lily vient parfois prendre un foulard ou choisir une robe dans l'armoire. Nous nous attardons devant la bibliothèque et nous nous installons sur le lit avec un bouquin.

Sur le quatrième rayonnage, tout à fait à gauche, se trouve le volume de Claudel que maman lisait le dernier été. Il m'arrive de le feuilleter. De retomber sur les vers que Lily a lus pendant la messe :

Et en effet je regardai et je me vis tout seul tout à coup,
Détaché, refusé, abandonné,
Sans devoir, sans tâche, dehors dans le milieu du monde,
Sans droit, sans cause, sans force, sans admission.
« Ne sens-tu point ma main sur ta main ? »
(Et en effet je sentis, je sentis sa main sur ma main !)

Je revois Lily à l'église, comme sa voix tremblait quand elle a lu ces quelques lignes en fixant le cercueil, certaine qu'elle ne pourrait pas aller jusqu'au bout, regrettant brusquement d'avoir voulu prononcer ces dernières paroles devant nos silhouettes écrasées. Et Martin qui regardait droit devant lui avec cet air sévère et sombre qui ne le quitterait plus.

Lily a lu jusqu'au bout. Lily n'a pas flanché. Sans avoir jamais compris quelle grâce l'a portée jusque-là.

Je passe beaucoup de temps à regarder ma sœur et les masques — si différents — qui se succèdent sur son visage : tantôt ordinaire, tantôt renfrogné, il peut s'illuminer brusquement d'une beauté surprenante. Je cherche probablement sur les contours de ses traits mon propre visage, comme si l'on ne pouvait jamais faire confiance au reflet toujours inventé que nous renvoient les miroirs. Je sais pourtant que plus personne ne peut aujourd'hui déceler chez nous les faux jumeaux que nous sommes, le premier qualificatif ayant pris, comme il se doit en pareil cas, le pas sur le second. J'y pense parfois, comme à un secret que nous préservons et qui nous prend tous les deux d'un même ciment invisible. Lily a souvent épinglé le sourire condescendant que m'inspire l'approche d'un garçon décidé à la draguer. Je ressens une satisfaction un peu méprisante à l'idée qu'il ignore cette part d'elle et n'y accédera jamais. Il en va de même pour certains amants qui se séparent mais n'arrivent pas à se quitter : Lily et moi avons grandi mais nous sommes restés ces deux enfants-là, ligués dans la perte de maman, comme au premier jour — dans son ventre.

— Viens voir.

Je me suis assis à côté de Lily. Elle tenait un vieil exemplaire du *Nouvel Observateur* dans lequel figurait la pétition des 343 femmes qui avaient signé en faveur de l'avortement.

— Je me demande comment a réagi papa quand il a vu ça, a souri ma sœur.

— Il a dû prendre sa mine consternée et retourner à ses comptes…

Lily et moi n'avons jamais compris par quel miracle (si tant est que c'en soit un) nos parents ont tenu à cohabiter si longtemps. Mai 68 aurait dû précipiter leur séparation, maman passant ses journées aux assemblées du MLF et papa continuant à écumer sa quincaillerie auprès des ménagères bourgeoises qui résistaient aux promesses de liberté dont elles entendaient gronder la rumeur. Remo raconte souvent qu'il s'occupait de nous pendant que maman courait les manifestations. Le soir, papa rentrait parfois avant elle et prenait le relais, exaspéré. Elle trouvait là une situation de fait amusante et en avance sur son temps. Papa n'était pas du genre à goûter son humour. Quelques années plus tard, elle travaillerait avec papa au magasin. Oubliées les brèches de liberté qu'elle avait ouvertes avec d'autres femmes. Ses parents, aidés de papa, avaient-ils été plus forts ? Sait-on jamais quelle force vous tient à distance de celui ou celle que vous auriez dû devenir… Seuls les livres lui apporteraient dorénavant un havre d'indépendance. Et la musique. Deux antres sacrés où papa ne mettrait jamais les pieds.

— Vincent… Les cendres.

— Quoi, les cendres ?

Lily fixait la petite commode où nous avons enfermé l'urne, à charge pour nous de trouver ce qu'il conviendrait d'en faire. L'urne est là depuis sept ans. Nous n'avons jamais su quoi en faire et n'en parlons d'ailleurs jamais.

— Qu'en disent papa et Remo ?

111

— Rien. Ils ne disent jamais rien de toute façon.

— Et Martin ?

— Oui… Il y a Martin. Est-ce qu'il comprendrait ?

— Alors tu vois. Il se trouvera bien un jour où ce sera le moment.

Ma sœur a acquiescé lentement.

— On a croisé Nathan sur la plage.

Lily m'a adressé un sourire, comme si je venais de lui annoncer l'arrivée d'un aîné qui saurait nous donner l'impression que notre famille allait bientôt être réunie au grand complet.

— Tu ne veux pas emporter des livres dans le nouvel appartement ? a suggéré Lily.

J'ai haussé les épaules.

— Non. On est bien contents de les trouver en arrivant. Tu crois que je vais être bien là-bas ?

— Tu pourras toujours venir dormir à la maison quand tu auras envie…

— Tu ne trouves pas que ça fait un peu appartement d'étudiant ?

— Arrête, Vincent.

— Si encore j'étais locataire…

— Tu te barres quand tu veux et on le loue en attendant que Martin soit en âge d'y habiter.

— J'ai l'impression d'avoir fait une connerie en achetant ce truc.

— Ça fait sept ans qu'on vit ensemble. Quoi

qu'on fasse, on aura toujours l'impression de faire une connerie. Tu crois que je ne me suis pas posé la question ?

— Tu as une réponse ?

Ma sœur est restée le nez en l'air.

— Alors ?

— La dernière fois que j'ai eu Nathan au téléphone, il m'a dit qu'il avait envie de tout plaquer. Partir loin.

— Je le suivrais bien…

— C'est ça. Laissez-moi avec les deux vieux et le petit.

— Tu sais bien que je ne partirai pas.

— Je n'en suis plus si sûre avec toi…

— Je ne partirai plus, Lily.

Ma sœur m'a fixé, comprenant au ton de ma voix que ma remarque comportait un sous-entendu.

— Ne fais pas cet air…

— Si. Je fais cet air. Jeanne est enceinte.

— Pardon ? a-t-elle lâché en se relevant sur le lit.

— Tu as très bien entendu.

— Je croyais que c'était fini vous deux ?

— C'est fini. Mais elle est enceinte. Ne me regarde pas comme ça, je t'en prie.

C'était il y a trois semaines. Mais beaucoup plus en réalité. Je ne m'en aperçois que maintenant.

J'ai su que j'allais quitter Jeanne, mettre un terme à cette succession de nuits chaudes, collés l'un à l'autre, elle contre mon dos, un bras sur ma poitrine, été comme hiver. J'ai su que j'allais clore cette vie que je croyais viable, vivable. C'était il y a trois semaines, j'ai su, définitivement. J'aurais très bien pu en décider avant mais j'ai différé cet arrachement, observant ce que mon corps réclamait d'elle : tantôt le choc, les tremblements entre ses jambes, dans sa bouche, la paix sous les draps, la paix encastrée de nos membres ; tantôt le silence, l'éloignement au bout du lit…

Ce matin-là, je quitte la couette, elle voudrait que je reste mais je vais à la cuisine. J'attends. Comme elle n'a pas bougé, je réapparais par l'embrasure de la porte :

— Ton thé est prêt…

Elle fixe le vide, il y a de l'effarement dans ses yeux tristes, qui ont compris, oui, ils ont compris avant moi. Elle se traîne jusqu'à la cuisine, elle est rassurée de constater que Lily est déjà partie, elle dit :

— Tu ne viens plus jamais chez moi.

Elle dit encore :

— Tu ne veux plus faire l'amour le matin, tu bois trop le soir, suffisamment pour être sûr de ne pas bander, je te demande deux jours à la mer, une fois, mille fois…

114

Elle dit tout ça en silence en réalité, c'est moi qui l'entends, et quand je la prends dans mes bras, quand je lui demande à quoi elle pense, la seule chose qu'elle dise véritablement c'est :

— Je pense à tout ce que tu ne veux pas entendre.

Et moi, je pense à ma mère, dans cette cuisine où Lily et moi nous pelotonnons depuis sa mort, je pense à elle qui n'est jamais partie, sinon dans l'espace fugitif des livres et de la musique, tout comme moi lorsque j'écris, qu'est-ce que je fuis comme ça ?, aujourd'hui je fuis mon amoureuse et je pense à ma mère, alors ce matin-là, dans cette cuisine brunie par les cigarettes, engouffrant un café pisseux, devant Jeanne qui ne boit pas son thé, je sais que je vais la quitter, j'ai beau chercher, je ne trouve pas de mots équitables et doux pour dire ça, des mots qui seraient à notre mesure, qui respecteraient notre histoire, toute cette place que Jeanne m'a faite, celle que je n'ai jamais été capable de lui faire, ce matin-là, il y a trois semaines, je déserte notre histoire, son thé refroidit, noircit, elle le jette dans l'évier.

Nous resterons quelques jours sans nous appeler. Un soir, je me décide. J'ai besoin d'entendre sa voix. Je demande :

— Tu étais où ?

— Je me suis éloignée. C'était bien là que tu voulais que je sois, non ?

Je ne réponds pas. Prends les rênes, mon amoureuse dont je m'occupe si mal.

C'est alors qu'elle dit :

— Je suis enceinte.

Elle marque un temps.

— Réserve-moi une soirée dans la semaine.

Le silence s'épaissit un peu plus encore.

Je dis :

— Mercredi. Après je pars à la mer rejoindre Lily et Martin…

— Et ton enfant ? Tu l'emmèneras à la mer ?

De nouveau, je pense à maman. Pas tant à la venue de cet enfant en tant que tel. Mais à maman qui ne l'aura jamais connu. C'est ma première pensée.

Un jour, qui sait, j'emmènerai Jeanne à la mer. Notre enfant aussi verra la mer. La mer où je n'ai jamais emmené que mon enfance et tout ce que j'ai perdu.

J'étais à peine couché que Nathan lançait des cailloux à ma fenêtre.

— Je ne peux pas dormir là-bas. C'est trop sinistre…

Que ce soit à Paris ou à La Viguière, nous sommes habitués à recueillir Nathan pour la nuit. Il s'incruste dans le lit de qui veut bien l'accueillir. Je continue à l'appeler l'« adopté ».

— Une dernière clope ? a-t-il proposé.

J'ai éteint la lumière et nous avons fumé en silence. Lorsque l'odeur âcre du filtre s'est manifestée, Nathan a écrasé le mégot. Il s'est calfeutré dans mon dos, les jambes pliées contre les miennes. J'ai pris son bras contre moi et nous n'avons plus bougé jusqu'au matin.

— Tu viens ?

— Tu n'as pas frappé, Martin.

Il a refermé la porte de ma chambre et il a cogné deux coups sonores. J'ai attendu que les dernières gouttes de pisse disparaissent dans le lavabo et j'ai ouvert le robinet.

— C'est bon, tu peux entrer.

— Tu fais quoi ?

— Je ne viens pas tout de suite.

— Quand ?

— Je vous rejoindrai. De toute façon, ça se couvre, ai-je ajouté en désignant les nuages par la fenêtre.

Martin se tenait sur le pas de la porte, les mains dans le dos.

— Qu'est-ce que tu caches comme ça ?

Il m'a tendu une photo. Je me suis assis sur le lit et il a pris place à côté de moi.

— Qui t'a donné ça ?

C'était un portrait de groupe pris devant La Viguière il y a plus de dix ans.

— Moi, je suis là ! a dit Martin en désignant le ventre de maman.

Remo avait une main posée sur mon épaule. Lily était assise aux pieds de maman.

— Elle était grosse, Lily, a-t-il fait remarquer.

— Et moi, tu as vu les boutons sur ma gueule ?

— Pourquoi on voit pas papa ?

— Il prend la photo, j'imagine. Où est-ce que tu l'as trouvée ?

— Dans la chambre de Remo, a dit Martin d'un air dégagé.

— Tu fouilles maintenant ?

À ces mots, ses joues se sont empourprées.

— Il me l'a donnée…

— Remo a de drôles d'idées parfois, ai-je constaté tout bas.

Voilà des années que je vois notre oncle se traîner dans la maison comme flotterait un fantôme désœuvré, un verre à proximité, accusant un peu plus dans l'alcool son effacement. Remo ressemble de plus en plus à un invité déplacé, toujours en proie à un sentiment d'étrangeté dans nos murs — suivre le mouvement, regarder faire sans trop intervenir ou s'inventer de temps à autre des initiatives incongrues, comme de donner à Martin une photo de famille…

La seule prolixité que nous lui connaissons concerne la lecture du journal qu'il commente dès qu'il peut, comme pour se prouver qu'il fait bien partie de ce monde et a peut-être même une part à y jouer.

— Papa et Remo se sont engueulés…

— Tu sais pourquoi ? ai-je interrogé sans quitter des yeux le cliché.

Mon frère a haussé les épaules comme intimidé à l'idée de formuler l'explication.

— Papa dit qu'il boit trop, a-t-il finalement lâché.

Lily a fait irruption dans la chambre, vêtue d'un paréo. Elle s'est penchée au-dessus de la photo et me l'a arrachée des mains.

— C'est à moi ! s'est écrié Martin.

— Tout doux ! Je vais te la rendre.

— T'es grosse dessus, a pouffé notre frère.

Lily a tiré la langue.

— Je ne ressemble pas du tout à maman, en fait, a-t-elle constaté dépitée.

Sans nous concerter, Lily et moi avons tourné les yeux vers Martin. Il nous a observés d'un air inquiet. C'est Martin qui a tout pris, à l'évidence. On ne saurait mieux ressembler à maman que lui. La même régularité des traits, et les cernes avec lesquels, semble-t-il, il est né.

— On vous attend, a annoncé Lily en tendant la photo à Martin.

— Vincent veut pas venir.

— Comment ça, tu ne veux pas venir ?

— Pas moyen d'être seul, ici, ai-je grogné.

— Tu n'as pas quitté la chambre depuis le début de la journée !

— Je suis très bien là.

— Vincent va venir, a dit ma sœur en me fixant d'un air entendu.

— Pas tout de suite. Je voudrais écrire à Jeanne.

— C'est qui Jeanne ? a demandé Martin.

Lily lui a fait signe de quitter la chambre. Il a disparu dans le couloir et a descendu les marches lentement, dans l'espoir probablement de percevoir quelques bribes de conversation.

Jeanne,

Merci pour ta lettre. Tu es la seule à avoir lu le livre pour le moment. J'en ai emporté cinq ou six exemplaires. Pour chaque membre de la famille. Je ne le leur ai pas encore donné. Je n'aimerais pas qu'ils le lisent en ma présence. Qui sait d'ailleurs si papa le lira ? Il n'y a bien qu'une personne dont j'aurais aimé qu'elle le lise. Tu sais ça.

Qu'est-ce que je crains ? me diras-tu. J'ai deviné ce que tu n'écris pas : qu'il est raisonnable ce livre, n'est-ce pas ? Sans danger... Tu te souviens quand je te disais qu'on a tous en nous des livres impossibles ? Je sais pertinemment ce qui suffirait à tout anéantir autour de moi. Je ne l'écris pas.

Lorsqu'il travaillait sur Monsieur Paul, *Calet en lisait une page à sa femme tous les soirs. Et, chaque soir, elle pleurait d'y découvrir leur vie brocardée.*

Chaque soir, il lui lisait ce qu'il ne parvenait pas à lui dire. Leur défaite. Quelle torture… Calet a tout foutu en l'air. Sa vie avec elle. Et elle, très certainement. Il l'a bel et bien publié, ce livre. Leur fils a été interné, je crois. Le Paul en question…

Ce livre impardonnable, ils doivent le craindre chez moi. Ils doivent l'attendre avec appréhension.

Je n'ai pas encore dit à papa qu'il allait être grand-père. Je ne lui ai pas dit tout ce que je suis tenté d'écrire, et le mal que je suis tenté de nous faire. Tout ce que je n'écrirai probablement jamais. Le mal que je ne nous ferai probablement jamais non plus.

Merci d'avoir aimé celui-là. Peut-être que toi, tu les aimeras aussi, ceux qui suivront, quand bien même je n'écrirais jamais mon livre impossible. Je ne te connais que bienveillante. En colère, oui, tu me l'as dit. En colère contre moi. Mais profondément bienveillante et je n'aurai jamais que ça à dire de toi.

Ce que j'ai à dire de moi ? Il y aurait de quoi rire. Ici, rien n'a changé. Je m'emmerde. Heureusement, Nathan est arrivé. Son beau regard nous sauve.

Tendrement,

VINCENT

Une heure plus tard, j'ai abandonné à regret la maison silencieuse et j'ai rejoint les abords de la plage noire de monde en dépit du ciel voilé. La mer s'était retirée à perte de vue. Une bande de garçons avait installé un filet de volley et se renvoyait la balle.

Je me suis assis sur la promenade et j'ai cherché des yeux ma famille. J'ai aperçu mon père, assis sur son petit fauteuil portatif. Il fixait un point lointain, près de la falaise. Remo dormait sur le dos, un bob recouvrant son visage. Ma sœur et Nathan observaient autour d'eux, dans l'attente sans doute d'une improbable apparition qui viendrait rompre le morne déroulé de cette journée sans fin. Et puis, Martin, sage et taciturne, qui remuait le sable avec ses pieds, envoyant parfois quelques grains sur la serviette de Lily sans s'en apercevoir. Martin, au silence étrange et inquiétant, comme un innocent

blessé qui aura si peu connu la légèreté inconsé-
quente de l'enfance et dont les sourires, si larges fus-
sent-ils, ne nous sembleront jamais qu'éclatants de
tristesse.

Il s'est avancé vers moi à pas de loup. Mon ordinateur affichait une heure du matin.

— Tu ne dors pas ? ai-je demandé machinalement.

Martin n'a pas répondu. Il s'est immobilisé, les bras ballants, la mine coupable. J'ai continué à travailler sur l'ordinateur, comme si de rien n'était.

— C'est ton nouveau livre ?

J'ai fait signe que oui.

— Papa dit que je ne dois pas lire ce que tu écris.

— Qu'est-ce qu'il en sait ? Il n'a jamais lu une ligne de moi.

Cette année, mon frère vient souvent me rejoindre la nuit pendant que je travaille. La première fois, il s'attendait certainement à ce que je le renvoie se coucher. Je lui ai permis de rester avec moi, à charge pour lui de ne pas se faire surprendre. Martin a opté avec délectation pour cette prise de risque.

Il s'assoit à côté de moi dans le jardin. Parfois, je l'observe sans qu'il ne le sache. Il est perdu dans ses pensées. Je le trouve très beau quand il réfléchit. Immanquablement, il finit par me poser une question. Martin ne sait pas se taire très longtemps.

— C'est quoi ça ?

Il a montré du doigt le livre sur Barcelone que j'avais laissé ouvert sur la table.

— C'est à maman. Je l'ai trouvé dans sa chambre.

— Pourquoi tu vas dans sa chambre ?

Martin est à l'âge des questions incessantes, sa curiosité n'est jamais rassasiée, *a fortiori* lorsqu'il flaire qu'on voudrait passer quelque chose sous silence.

— Je ne sais pas pourquoi, Martin… Elle y passait presque toutes ses journées la dernière année. Alors Lily et moi, nous venions la voir. J'ai beaucoup de souvenirs dans cette chambre.

Je m'en suis voulu brusquement d'avoir dit ça parce que Martin, lui, n'a aucun souvenir dans cette chambre.

Il n'a pas sourcillé. Il me regardait droit dans les yeux. Pas comme un affront. Plutôt avec obstination, comme s'il avait décidé d'en découdre, comme s'il voulait que je parle brusquement, que je raconte. Ce môme semble n'avoir peur de rien, me suis-je dit. Il n'a pas encore compris que la vie fait un mal de chien. Et puis, je me suis ravisé : Martin est comme tout le monde en réalité. Il a peur du

noir, il a peur de la vie ; il tente ce soir de s'aven-
turer dans l'obscurité, certain toutefois qu'il saura
prendre ses jambes à son cou en cas de péril et brader son courage pour ne pas y laisser sa peau.

— Est-ce que tu te souviens de maman ?

Il a réfléchi, les yeux dans le vague.

— Un tout petit peu ? ai-je relancé.

Au bout d'un moment, il a fait non de la tête, et
puis un petit mouvement des lèvres aussi, un mouvement de dépit.

— Tu as les photos, en tout cas.

Je m'enfonçais, je le torturais sans le vouloir,
mais je ne pouvais plus rester muet après ça, le
laisser seul avec ce sac de désolation que j'avais
déposé à ses pieds.

— Je te parlerai d'elle. Quand tu voudras.

Il a approuvé d'un hochement de la tête presque
imperceptible.

— C'est d'accord ?

Et il a approuvé plus franchement. Pour me
rassurer ? Me laisser en paix ? Est-ce qu'on pense à
ça à dix ans ?

Il a pointé du menton le livre sur Barcelone.

— C'est horrible, a-t-il décrété. Je déteste.

J'adore quand Martin fait entendre ses opinions.
Elles sont naturellement toujours très tranchées et
ne sauraient s'encombrer de la moindre justifica-

tion. Il se sent important lorsqu'il exerce ses jugements. J'aime quand Martin se sent important.

— C'est la Sagrada Familia.

Il m'a regardé sans comprendre.

— C'est le nom en espagnol.

— Sagra quoi ?

Je lui ai fait signe de parler moins fort. Papa dormait juste au-dessus.

— Ça veut dire Famille Sacrée. C'est une grande église à Barcelone qui n'a jamais été terminée.

— Pourquoi ?

— C'est raconté dans le livre.

J'ai espéré qu'il aurait envie de lire les explications, me laissant retourner à mon texte, mais il a continué à observer la photo placidement.

— L'architecte est mort avant d'avoir terminé, ai-je dit finalement. Alors c'est resté comme ça.

— C'est vrai que tu vas avoir un bébé ?

Je l'ai dévisagé.

— Tu nous espionnes maintenant ?

— C'est Jeanne la maman ?

— Tu gardes tout ça pour toi, Martin.

— Pourquoi ? T'es pas content d'avoir un bébé ?

— On parlera de ça une autre fois.

Martin s'est renfrogné.

— Alors dis-moi ce que tu écris.

— C'est sur la mort de quelqu'un.

— Maman ?

— Pas exactement, ai-je répliqué sans savoir vraiment comment lui expliquer. C'est un roman…

— Il s'appelle comment le mort ?

— Nathan.

— Comme Nathan ?

— Oui…

— C'est bizarre.

— Un peu, oui.

Mon frère me fixait, comme devinant que je n'avais pas tout dit.

— On **va** se coucher ? ai-je lancé timidement.

— Comment on fait ?

— Comment on fait quoi ?

— Ben, pour écrire.

— C'est la question la plus difficile du monde, Martin !

J'ai allumé une dernière cigarette. J'ai aspiré une bouffée que j'ai recrachée lentement.

— Pour écrire, il faut deux secrets. Dont un qu'on ne connaît pas.

L'hélicoptère s'est immobilisé au-dessus de nous. Mon oncle a placé ses mains en porte-voix :

— Vincent ! Ramène Martin vers le bord !

J'ai pris mon petit frère par la main. Son excitation est retombée aussitôt et il m'a interrogé du regard.

— Ils cherchent quelqu'un, ai-je expliqué sommairement.

Les baigneurs avaient tous regagné la plage. C'était étrange de les voir alignés, bras croisés pour certains, fixant le même point au-dessus de la mer.

Martin a serré ma main tout en se retournant à intervalles réguliers vers l'hélicoptère et son ballet glaçant.

— Il s'est noyé ?

Je n'ai pas répondu, concentré sur notre progression dans l'eau. Il se pouvait très bien que le corps flotte à quelques mètres de nous... D'une impul-

sion de la main, j'ai pressé Martin qui sautillait au-
dessus de l'écume.

— Comment il a fait ?

— Regarde devant toi.

Nous avons rejoint les autres sur le sable et nous
avons suivi la trajectoire de l'hélicoptère qui tournait sans relâche, quadrillant les vagues dans un
vrombissement assourdissant.

— T'imagines pour ceux qui attendent ? a murmuré Lily.

J'ai acquiescé, sans tourner la tête.

— Il fait des vagues, a constaté Martin qui ne
pouvait pas détacher ses yeux de l'engin rouge vif.

Sa voix inquiète tranchait avec la naïveté de sa
remarque.

Un ronflement s'est fait entendre. L'ATC du
poste de secours roulait dans notre direction. Remo
s'est levé.

— Je vais voir ce que c'est.

— Il ne va pas faire ça ? ai-je grogné.

Notre oncle s'est dirigé vers l'ATC, une main
posée sur sa hanche douloureuse.

Martin, comme protégé derrière l'insouciance
retrouvée de son âge, s'était mis à rassembler de
petits tas de sable pour faire un barrage. Sourcils
froncés, il semblait très concentré sur son édifice.
Nathan s'est proposé de l'aider. J'ai toujours admiré
l'entêtement tranquille de Martin qui sait perti-

nemment ses constructions vouées à la ruine ; mais j'imagine que ce jeu n'aurait aucune espèce d'intérêt s'il ne s'agissait de mesurer son impuissance face à la raison invincible de la marée.

L'hélicoptère semblait en avoir fini. Le bruit des vagues a ressurgi brutalement.

— Ils ne l'ont pas retrouvé, ai-je supposé pour dire quelque chose.

Lily a soupiré. Cette scène avait fait sombrer son humeur. De son côté, mon petit frère observait avec patience et résignation les vagues qui étaient en train de mettre son barrage à terre. Il est venu s'allonger près de nous et il a commencé à enfoncer ses doigts dans le sable.

Au bout d'un moment passé à l'épier nerveusement, Lily l'a interpellé :

— Tu ne veux pas aller jouer au club ?

Lily craint toujours que Martin ne s'ennuie. Elle sait pourtant que passer une journée à la plage finit toujours plus ou moins par compter les heures dans une douceur contemplative dont je crois Martin tout à fait capable.

— Ils sont trop cons au club.

Il a dit ça avec un air très pénétré qui nous a fait sourire.

— On ne dit pas « trop con », a martelé papa qui réagit souvent aux choses au moment où l'on s'apprête à les oublier.

— Tu ne dors pas, toi ?

Papa s'est redressé sur sa serviette, abandonnant définitivement l'hypothèse d'une sieste. Comme souvent lorsqu'il est embarrassé, il s'est mis à frotter ses lunettes, s'évertuant à éradiquer la moindre trace et vérifiant à intervalles réguliers la transparence du verre.

— Il est mort.

Remo se tenait au-dessus de nous.

— Ils ont tenté de le réanimer mais ils n'ont rien pu faire. Un môme de treize ans…

Martin regardait notre oncle avec des yeux ahuris.

— C'est le deuxième ce mois-ci.

— Il était où ? a demandé papa comme si cette précision allait contribuer à clore le chapitre.

— À cinq cents mètres d'ici. Le courant l'avait déporté.

Au regard désapprobateur de son frère, Remo a soudain compris que celui-ci aurait préféré qu'on tienne Martin à l'écart de cette nouvelle.

— Tu comprends, Martin, pourquoi je te dis de te méfier ? a aussitôt grondé Remo dans l'espoir de se racheter.

Martin s'est tourné vers nous et l'on pouvait percevoir un sentiment d'injustice commencer à l'envahir.

— Ce n'est pas si grave, a conclu Lily tout bas.

— Pas grave ? s'est étonné papa.

Elle a désigné Martin discrètement.

Lily a raison. Il y aura incontestablement d'autres noyés, d'autres morts, autant de corps inertes qui viendront tôt ou tard conforter notre petit frère dans ce qu'il connaît déjà — la perte. Qui le talonnera et le rattrapera toute sa vie. Qui est la vie même.

C'est tous les soirs comme ça. Martin te parle. Les yeux rivés sur la veilleuse, couché de profil, il te raconte, réinvente ses moindres faits et gestes. Il a gardé de toi cette façon si personnelle de raconter les histoires en les transformant à sa guise. Il veut être à la hauteur de ton oreille bienveillante.

Je m'assois près de la porte entrebâillée et je l'écoute. Je ne l'interromps pas, comme l'on prend garde de ne pas réveiller un somnambule.

— Alors j'ai nagé vers le ballon. Il était rouge avec des carrés noirs. Je l'ai renvoyé au garçon. Je croyais qu'il l'avait pas fait exprès. Vincent poussait des cris en riant parce qu'il disait que l'eau était froide. Et puis là, le ballon m'est arrivé dessus encore une fois mais le garçon avait disparu… J'ai cherché autour de moi, je me suis dit que le garçon devait nager sous l'eau mais il n'était nulle part. Vincent a dit : « Il est à qui ce ballon ? », et j'ai

regardé encore autour de moi pour trouver le garçon. Je ne sais pas pourquoi j'ai rien dit à Vincent.
On est retournés avec les autres et j'ai pris le ballon
avec moi au cas où le garçon viendrait le chercher.
Papa, il a demandé aussi : « Où est-ce que tu as
trouvé ce ballon ? » Et j'ai haussé les épaules. C'est là
qu'on a commencé à entendre les voix dans le haut-
parleur : « Le petit Chris est attendu par ses parents
au poste de secours », et tout ça… J'étais sûr que
c'était lui mais je n'ai rien dit et j'avais une boule
dans le ventre. Je regardais le ballon rouge avec les
carrés noirs. Il bougeait un peu avec le vent et j'aurais bien voulu que Chris arrive pour le reprendre et
qu'il coure rejoindre ses parents. Mais il ne venait
pas et moi, je regardais la mer et je me demandais ce
qui s'était passé, et pourquoi il avait disparu sous
l'eau. Dans le haut-parleur, ils continuaient à l'appeler alors j'ai dit à Vincent : « On va jouer au
ballon ? » J'ai dit : « S'il te plaît » en clignant des
yeux pour qu'il dise oui et il a dit oui. On a joué
longtemps mais Chris ne sortait toujours pas de
l'eau et j'avais très peur parce que j'avais rien dit. S'il
mourait, c'était à cause de moi. Mais maintenant je
ne pouvais plus rien dire et c'était horrible quand
l'hélicoptère est arrivé. Remo a dit à Vincent qu'il
fallait qu'on revienne vers le bord. Je lui ai demandé
s'il s'était noyé et il ne savait pas mais j'ai bien vu
qu'il était inquiet. Tout le monde était sorti de l'eau

et regardait l'hélicoptère et nous aussi. Ça faisait beaucoup de bruit et ça faisait des trous dans les vagues. Remo est allé voir un type sur une moto et il lui a demandé ce qui se passait. Moi, je regardais le sable parce que je ne voulais plus voir l'hélicoptère, je ne voulais plus voir le ballon, j'aurais voulu disparaître, comme quand on jouait à m'enterrer quand j'étais petit. Après, Remo a dit qu'il était mort noyé et qu'ils n'avaient rien pu faire et il m'a dit que je devrais me méfier parce qu'à moi aussi ça pourrait arriver. Quand papa a dit qu'on allait remonter à la maison, j'ai regardé le ballon parce que je ne savais pas si je devais le prendre ou pas. J'ai pensé, demain les parents de Chris viendront nous demander si nous avons vu le ballon rouge et là tout le monde va me regarder et savoir que c'est à cause de moi que Chris est mort noyé. Mais toi, tu sais que c'est pas vrai. Je ne sais pas pourquoi il m'a envoyé le ballon, Chris. Et, en vrai, je ne sais pas pourquoi il est mort.

Martin a fermé les yeux.

Le cœur serré, j'ai contemplé son visage abandonné, ses lèvres entrouvertes, songeant à ses inventions étranges qui en disaient bien plus long que tout ce que je pourrai jamais écrire.

— Tiens. C'est pour toi.

Martin a levé le nez de sa serviette et il a jaugé le ballon avec défiance.

— Pourquoi ? a-t-il demandé hésitant.

— Pour rien, comme ça. Je me suis dit que ça te ferait plaisir. Les tickets à gratter que je te paye ne gagnent jamais.

Le ballon était bleu. Un ballon de plage tout à fait lambda. Je l'ai ôté du filet dans lequel on me l'avait vendu.

— On va jouer ? ai-je proposé avec entrain.

Martin a fait non de la tête.

— Pourquoi non ?

— J'ai pas envie de me baigner.

— On ne va pas rester là sans rien faire ! Un petit volley dans l'eau…

— J'ai pas envie.

Martin a jeté un regard inquiet vers la mer. Un

peu dépassés, Lily et Nathan suivaient la scène sans savoir quoi dire.

— Merde alors. Je suis allé à pied jusqu'à Tourgéville pour te l'acheter…

Il s'est tourné vers moi sans répliquer, d'un air de dire : « Tu aurais pu t'en douter. »

— Laisse, s'il n'a pas envie, a dit Lily.

J'ai soupiré, examinant piteusement mon ballon. Je venais de reproduire avec Martin le genre de petit fiasco dont mon père est coutumier, et me retrouvais une fois encore à méditer ce rôle un peu curieux qu'il nous faut sans cesse inventer avec les enfants, rôle que l'on s'est plu tout d'abord à croire préétabli et bien tracé, mais qui est beaucoup plus mystérieux que ça, insondable parfois, comme un tour de cartes qui nous laisse dépouillés, acculés à nous coucher et à attendre que la partie finisse, n'ayant repéré qu'une mauvaise donne pour expliquer notre déroute.

Papa et Remo somnolaient, indifférents à ce qui pouvait nous arriver ou ne pas nous arriver, résolus depuis longtemps à notre désœuvrement sur la plage comme à un devoir de vacances.

Je me suis laissé tomber entre Lily et Nathan. Martin est resté assis en tailleur, songeur.

— Alors à quoi on joue ? ai-je demandé en ruant sur la serviette.

— Tu as quel âge ? a ri Lily.

— Avoue, on s'emmerde !

— Remonte écrire, si tu veux…

— Non, je veux être avec vous.

— Alors allons ramasser des tellines, a dit Nathan.

J'ai regardé l'heure sur sa montre.

— C'est un peu tôt, non ?

— Au contraire. La marée sera basse dans une heure. C'est parfait. Martin, tu prends le grand seau ?

Nous nous sommes mis en route, laissant papa et Remo égrener la fin de l'après-midi dans leur demi-sommeil.

Une fois arrivés au bord de l'eau, nous nous sommes tous accroupis et nous avons commencé à plonger nos mains dans le sable mouillé, laissant les petites coquilles jaunes apparaître, prêtes à être ramassées.

— Y en a plein ! a triomphé Martin.

— Alors vite, vite !

Les mains de mon petit frère traquaient les tellines à la vitesse du caméléon gobant ses proies. Quelques-unes venaient à lui échapper, s'enterrant aussi sec dans le sable ou dérivant avec les vaguelettes qui allaient et venaient sous nos pieds. Une fois rentrés de la plage, Lily les dessablerait au vinaigre, puis elle les ferait revenir à la poêle avec de l'ail et des échalotes.

— Tu rêves, Martin ! Au boulot !

Martin, dont l'attention s'était envolée, s'est remis à la tâche.

— Il pense à notre grand feu d'artifice, a dit Nathan.

— C'est pour quand ? a demandé Lily.

Martin s'est tourné vers Nathan, comme un très jeune enfant qui vient brusquement de saisir une bribe de conversation d'entre le murmure obscur et compliqué des adultes.

— Samedi soir peut-être.

— Je ne pense pas que Martin tolère ce « peut-être », ai-je prévenu.

— Samedi soir. Ça va comme ça ?

Martin a souri.

— C'est plein, a-t-il dit en désignant le seau.

Lily a rincé ses mains et s'est relevée.

— OK. On remonte.

Papa et Remo avaient déjà quitté la plage. Nathan a saisi le seau et nous avons gravi le chemin de La Viguière.

— Tu te souviens quand tu te voyais parti pour Montréal ? ai-je dit à Nathan.

— Il n'est jamais trop tard !

— C'est ça, donne-lui des idées, a grommelé Lily qui soufflait derrière nous.

— Je t'avouerai que je préférerais m'éclater avec une bande d'artificiers cocaïnomanes plutôt que de servir des pintes à Bastille…

— Hors de question que tu partes si loin. On va te trouver un son et lumière en banlieue parisienne !

Nathan a grimacé en souriant, puis <u>il m'a fait un</u> <u>clin d'œil</u>.

— Où est Martin ? ai-je lâché.

Je me suis immobilisé, fouillant des yeux les herbes au-dessus de nous.

— Comment ça : où est Martin ? a fait ma sœur.

— Ben, il était devant…

J'ai accéléré le pas sans réfléchir.

— Je vous rejoins à la maison.

Je me suis mis à courir.

— Vincent ! a crié Lily. Tu vas où ? !

Je n'ai pas répondu, j'ai foncé sur le sentier qui mène en haut de la falaise, les herbes jaunes fouettaient mes jambes, <u>je manquais perdre l'équilibre à</u> <u>chaque pas</u> mais je courais, un élan de panique me pressait, une panique sans nom, sans visage, sûre d'elle, mon corps savait (savait quoi ?).

J'ai longé le vide et je l'ai trouvé exactement où je pensais qu'il était, immobile au-dessus des rochers battus par la marée sombre. Il avait les bras ballants, sa tête penchait imperceptiblement vers le précipice. J'ai approché en silence. <u>Il a perçu mon pas</u> mais ne s'est pas retourné.

— Martin !

C'était Lily qui venait de hurler, pétrifiée derrière nous. Et Nathan à quelques mètres d'elle. Martin a tourné lentement la tête vers elle, m'igno-

rant. Je lui ai tendu la main. Il l'a observée longuement, comme s'il ne savait qu'en faire.

— Martin, ai-je chuchoté. Viens.

Enfin, il a levé les yeux vers moi.

— Qu'est-ce que tu fais ? On t'attend…

Ma voix vacillait. J'ai avalé ma salive péible-
ment.

— Martin…

Il a baissé les yeux, comme capitulant, et il a pris
ma main. Nous avons rebroussé chemin. J'ai serré
ses doigts. Peut-être jusqu'à lui faire mal. Il y a bien
longtemps que je n'avais pas tenu la main de mon
petit frère. J'ai serré, apeuré à l'idée qu'il ne s'enfuie.

— Qu'est-ce que tu regardais comme ça ?

Il a de nouveau dardé de ces regards entendus,
presque accusateurs : « Tu sais très bien ce que je
regardais. »

Nous avons dépassé Lily et Nathan qui se
tenaient figés, n'osant prononcer une parole.

— Dépêchons-nous, Martin. Si tu savais tout ce
qui nous reste à faire.

Ça a cogné une seconde fois. J'ai allumé la lampe de chevet et je me suis approché de la fenêtre. J'ai ouvert les volets. Un caillou est venu siffler au-dessus de ma tête et a rebondi contre l'armoire dans un claquement sec.

— Debout là-dedans ! a murmuré une voix étouffée dans le jardin.

Je me suis redressé lentement. En bas, Nathan et Lily m'attendaient.

Nathan a ramassé un autre caillou et il a menacé de l'envoyer contre le volet de mon père. J'ai fait un geste précipité de la main pour l'en dissuader. Il s'est mis à m'observer d'un air de défi.

— Tu sais faire ça ? a demandé Lily, admirative.

Nathan s'est emparé du briquet et il a ouvert la bouteille de bière. Il a bu au goulot puis il nous l'a tendue.

J'ai contemplé le noir infini de la mer. Un tremblement a parcouru mon dos.

— Tu as froid ?

Lily a frictionné mes épaules. J'ai bu une gorgée de bière et j'ai posé ma tête sur les cuisses de Nathan.

— Vous parlez souvent de l'été 83 tous les deux ? ai-je lancé.

Nathan et Lily ont échangé un regard.

— Ça arrive, a répondu ma sœur.

— Nous non, ai-je fait remarquer à Nathan.

Il m'a fait tirer une bouffée sur sa cigarette.

— Tu ne m'aimais pas à l'époque, a souri Nathan.

— Je te prenais pour un petit con venu me ravir ma sœur…

J'ai calé ma tête face à la mer.

— Jusqu'à la nuit de la mort de maman. Je me suis aperçu que tu l'aimais beaucoup. J'avais besoin de ça, qu'on aime maman.

La mer semblait avoir disparu. On n'entendait plus rien. Que nos poitrines qui battaient. Comme le bruit sourd qu'auraient pu faire nos têtes contre le béton d'un mur dont on n'aura jamais raison.

— Je peux vous poser une question ? a demandé Nathan.

— Dis toujours…

— Qui est le vrai père de Martin ?

— Si tu poses la question, c'est que tu connais la réponse.

146

— Je crois que les deux frères te craignent, Vincent…

— Je sais. Ils attendent le moment où je vais tout
balancer. Il reste de la bière ?

Nathan m'a tendu la bouteille.

— Lily ! Vincent !

Nathan m'a secoué l'épaule. Martin pleurait,
planté sur le sable à quelques mètres de nous.

— Qu'est-ce que tu fous là ? a grogné ma sœur.

Il s'est précipité vers nous.

— Je vous ai cherchés !

— Tu as réveillé papa ?

Il a fait signe que non.

— Il est deux heures passées quand même, a dit
Nathan.

— Explique-toi, ai-je demandé à Martin.

Mon petit frère a reniflé.

— Je suis allé dans ta chambre et t'étais pas là. Lily
non plus. Alors j'ai regardé dans le jardin et j'ai eu
peur.

Il est resté silencieux, nous regardant successivement. Puis il a tendu la main vers la bouteille de
bière, comme un dédommagement qui lui revien-
drait de droit. Nathan la lui a cédée.

J'ai saisi le bras de Martin et je l'ai secoué.

— Tu n'as rien à foutre dans la rue à cette heure,
tu m'entends ?

— Doucement, Vincent, a dit Lily.

— Vous faites quoi ?

— Tu vois bien : on discute.

— Et vous buvez…

Martin est venu s'allonger entre nous et il a fermé les yeux, comme un parasite bien installé qui ne compte pas abandonner son abri de sitôt.

— Pourquoi tu ne dors pas ? a demandé Nathan très doucement.

— Je sais pas…

— Si, tu dois savoir. Cherche bien.

Martin a rouvert les yeux et il a fixé le blockhaus devant nous.

— J'aime pas ça. J'arrive pas à fermer les yeux.

— Pourquoi ? a encore interrogé Nathan.

Lily et moi avons échangé un regard. Nous aurions voulu que cette conversation finisse au plus vite, comme si quelque chose menaçait dans la bouche de Nathan.

— J'ai peur.

— C'est normal. Tout le monde a peur. Mais tu as peur de quoi ?

— Que Vincent et Lily soient plus là…

Manifestement, Martin ne pouvait pas aller au-delà de cette impression confuse. Il a bu à nouveau de la bière. Lily lui a arraché la bouteille des mains. Il a eu son petit sourire satisfait.

— Si papa savait que tu es là !

148

— Il est plus heureux ici qu'à vous chercher désespérément sur la plage, a conclu Nathan.

— Oui, a murmuré Martin, soulagé qu'on ait réussi à le formuler à sa place.

Je les ai regardés tous les trois et c'était totalement absurde et beau. Mon petit frère lové entre nous.

— Dans la chambre, y avait Chris, a murmuré Martin.

Lily a froncé les sourcils. Je lui ai fait signe de ne pas l'interrompre.

— Il voulait reprendre le ballon… Je lui disais qu'on l'avait laissé sur la plage et il m'en voulait. Il disait que tout était à cause de moi.

— Tu as fait un cauchemar, mon ange, ai-je chuchoté. Juste un cauchemar. Chris ne t'en veut pas du tout. Sois tranquille.

Nous avons attendu un moment, à observer son visage. Sa respiration s'est faite plus régulière. Il a fini par s'endormir.

— Il a l'air bien avec nous, a dit Lily.

— Il n'a pas l'air : il est bien, a insisté Nathan.

Dans le noir, on ne voyait pas la pâleur de ses yeux. Juste ses lèvres entrouvertes et la dent fêlée.

— Il est bien parce qu'il sent que nous aussi. Tout simplement.

Troisième partie

Le livre de Martin

Été 2003

La lumière du jour traverse les volets ajourés et dessine des liserés blancs sur le mur. De petites gerbes de poussière se dispersent dans l'air lorsque j'abats la paume de ma main sur le drap. Je recommence ce geste plusieurs fois et j'observe le tourbillon des particules.

D'habitude, Vincent ou Lily vient me chercher dans ma chambre. Mes yeux s'écarquillent, chassant d'un coup sec les dernières lourdeurs laissées par le sommeil. Je me laisse prendre dans leurs bras et je respire leur odeur. Lily sent la vanille. Vincent la terre.

Mais, ce matin, personne ne vient. Je ne perçois dans la maison aucun bruit familier — les portes qui claquent, la cafetière qui expulse sa vapeur, l'eau qui coule dans les canalisations… Je tente de chasser ce silence inquiétant en tapotant le drap. Je compte de 0 à 10, j'enchaîne les dizaines.

Le temps s'écoule, en fragments identiques. Alors quelqu'un gravit les marches de l'escalier. Ma main reste en suspens dans l'air. Les pas se rapprochent, lentement, lourdement. La porte s'ouvre et je ne vois qu'une silhouette à contre-jour qui entre, se penche vers moi et prononce mon prénom. Trois fois.

J'ouvre les yeux. Je suis en sueur. Le ventilateur brasse de l'air chaud et ne parvient pas à me faire oublier cette sensation d'échauffement sur tout mon corps. J'attrape une cigarette.

Il est deux heures de l'après-midi. Le téléphone a sonné vers midi. C'était Vincent, je crois. J'ai laissé le répondeur.

Je n'ai pas la force de me lever.

Je tire une bouffée. La douleur dans ma tête redouble. L'angoisse s'éveille au même rythme. Elle monte dans ma poitrine et s'apprête à l'investir pour toute la journée. Je connais ce moment par cœur. Je me tourne sur le dos, comme si une nouvelle position pouvait couper court à tout ça.

Je bande. Je touche ma bite machinalement et je tente de me rappeler ce que j'ai fait la nuit dernière. Ana m'a appelé pour m'annoncer son retour de Marseille. J'ai traîné à Bastille toute la soirée. Il y a cet Anglais avec qui j'ai bu au Bar des familles. Il m'a demandé ce que je faisais dans la vie. Je lui ai dit : rien. Ce qui est la pure vérité. Puis, l'alcool aidant, j'ai ajouté que je cherchais mollement du travail.

— Il y a bien quelque chose qui vous intéresse ?

J'ai haussé les épaules :

— Les feux d'artifice…

Ma réponse n'a pas eu l'air de le convaincre. Il a bien compris que j'avais lancé ça pour dire quelque chose.

— Vous connaissez le championnat international de Montréal ? Chaque pays vient concourir. Le jour où je désespérerai vraiment, je partirai là-bas et je les éclaterai tous.

Puis, nous avons griffonné avec Sacha des cadavres exquis sur un bout de comptoir. L'un adressé à Tony Blair, l'autre à George W. Bush. Un tissu d'insanités débiles qui a suffi à nous amuser.

Sacha a suivi mon naufrage d'un air impuissant, me reservant pourtant chaque fois que je le lui demandais.

Il a passé *Le Courage des oiseaux* de Dominique A. Je me suis tenu tranquille le temps de la chanson.

Moi non plus, je n'ai pas le courage des oiseaux.

Je ne me souviens plus de grand-chose à partir de là. Juste le conducteur du taxi qui m'a secoué parce que j'étais arrivé. Je lui ai tendu mon portefeuille et il s'est servi. Après, plus rien.

Je me lève péniblement et j'avale un cachet. Je fais chauffer de l'eau. J'ai envie de gerber.

L'air est irrespirable. Je vais ouvrir une fenêtre dans le couloir de l'étage. Je reste un moment sur le seuil de la porte. Pas le moindre souffle.

J'enclenche la messagerie du répondeur :

— Martin, c'est moi.

Vincent marque un temps.

— Décroche, putain…

On l'entend à peine. J'ai un coup au cœur.

— Rappelle.

Je reste accroupi devant le répondeur.

Ça tape dans ma tête. Je n'ai pas envie de rappeler mon frère. Je dois rappeler mon frère.

Je bois une gorgée de café. Je rallume une cigarette. Elle fait moins mal que la précédente. Je compose le numéro de Vincent.

— C'est moi.

J'entends la respiration rapide de mon frère.

— Qu'est-ce qui se passe ? dis-je la voix enrouée.

— Sa mère a appelé. Il est dans le coma. Je ne sais pas ce qui est arrivé. Il va mourir.

Je pressentais quelque chose de cet ordre. Je n'ai pas voulu l'admettre tout de suite mais j'avais deviné.

— Qui ça ? De qui tu parles ?

— Nathan.

— Qu'est-ce que tu dis ?

— Viens…

— Comment ça, il va mourir ?

Vincent ne sait pas quoi dire. Je laisse passer plusieurs secondes. Interminables.

— Tu recommences avec ça ?

Vincent me lance un regard d'incompréhension et il avale la pilule bleue.

Il a le visage bouffi d'épuisement. Il s'allonge sur le lit. Je m'assois en tailleur contre le mur. Il ferme les yeux, puis il se met à rire.

— Qu'est-ce qu'il y a de si drôle ? dis-je.

— Mon petit frère me fait la morale parce que je prends des anxio… Tu as vu ta mine ?

— Raconte pour Nathan.

— Tu veux manger quelque chose ?

— Trop tôt. Raconte, je te dis.

— Je ne sais pas exactement ce qui s'est passé. Sa mère m'a juste indiqué l'hôpital et le service des soins intensifs. Il revenait tout juste de Montréal.

— Il était parti depuis combien de temps ?

— Neuf ans.

Vincent passe une main sur son front et il éponge la sueur.

— Il paraît qu'il n'y a pas eu pire canicule depuis 76, récite-t-il. Tu dois morfler sous les toits.

— Et Lily ?

— Injoignable. En rendez-vous à la maternité, d'après papa.

Des jeux vidéo traînent à côté de la télévision.

— Tu avais Jacob ce week-end ?

Vincent acquiesce. Il laisse passer quelques secondes.

— Je ne veux pas le voir, lâche-t-il finalement.

— Qui ça ?

— Nathan.

— Personne ne te force…

— Lily va vouloir y aller. Elle voudra que je l'accompagne.

Et moi ? Qui se soucie de savoir si j'ai envie de voir Nathan ?

Mon frère se tourne de mon côté. Je reste silencieux et il me fixe. Je me sens incapable de faire un geste vers lui.

— Sa mère pense qu'il a très peu de chances de s'en sortir.

Vincent dit ça avec une voix étrange, comme s'il implorait quelqu'un.

— Pas lui, putain…

C'est tellement curieux de voir son corps prostré

comme celui d'un enfant ; lui qui m'a toujours couvé avec excès, s'efforçant de rattraper les incompétences de mon père. Je ne sais pas quoi faire de ces yeux désarmés, vaincus.

Vincent. Trente-six ans, écrivain. Père d'un garçon de treize ans. A quitté la mère avant même la naissance de l'enfant. Vie dissolue, selon papa. C'est probablement à travers le prisme de ces miroirs déformants que je l'ai tout d'abord jugé. Vincent semble pourtant mener une vie qu'il a choisie, dont on ne sait pas grand-chose mais qu'il a imposée vaille que vaille. J'admire sa détermination à demeurer libre. Papa a fini par faire mine d'en prendre son parti.

Vincent. Dont je connais la peau, la respiration, les regards, tous les regards. Vincent. Mon gardien attentif qui m'a pourtant laissé aux portes de son territoire. Vincent. Que je connais si peu.

— Comment va Ana ? demande-t-il.

— Elle rentre aujourd'hui. On se voit ce soir.

Il sourit. Peut-être que ça lui fait du bien d'oublier Nathan une minute ou deux, parler d'autre chose, faire comme si la vie filait son cours, ordinaire.

J'ai rencontré Ana il y a cinq ans. Nous avons eu une histoire d'amour. Ma seule véritable histoire d'amour. Et puis un jour, nous nous sommes séparés. Mais je n'ai jamais disparu de sa vie. Et Ana n'a jamais disparu de la mienne. Aujourd'hui, nous ne sommes plus ensemble. Nous ne sommes pas vraiment séparés non plus. Personne ne comprend rien à cette histoire. Au début, j'ai tenté de me justifier : « ni avec toi, ni sans toi », comme disait Truffaut. Mais ça ne suffisait pas. Papa n'y entendait rien, *a fortiori* lorsqu'il s'est aperçu que nous continuions à passer nombre d'heures l'un avec l'autre mais que nous menions deux vies bien distinctes quoique indéfectiblement liées. Il m'est arrivé de lui dire que c'était, contre toute attente, la fille la plus importante de ma vie. Il a réagi comme beaucoup, armé de pauvres certitudes, me demandant ce qu'il adviendrait le jour où je tomberais de nouveau amoureux, assurant que je m'interdisais certainement de rencontrer d'autres filles, et j'en passe… Il m'a dit mille et une choses vraies et stupides avant de s'apercevoir qu'Ana et moi étions probablement en train d'inventer une histoire étrange mais bien plus belle et solide que pas mal d'autres, la sienne probablement… Alors voilà : Ana et moi, nous ne nous quitterons jamais et personne n'y comprendra jamais rien, nous voyant frayer ici et là dans d'autres bras, mais nous aurons pour nous : une histoire.

Remo, lui, n'a jamais fait aucun commentaire à ce sujet. Remo comprend. Je me rappelle une lettre que j'avais adressée à un ami qui avait cru bon me demander des comptes sur ma vie. Sur les conseils de mon oncle, j'avais recopié une citation de Marcelle

Sauvageot : « Vous savez bien qu'il n'était pas pos-sible que vous me donniez du bonheur, parce que même aux moments où nous avons été le plus proches, vous avez toujours gardé un coin de vous… qui ne vibrait pas… qui me jugeait. » Je n'ai plus jamais entendu parler dudit destinataire.

— Il te juge, celui-là, avait constaté Remo. On ne peut pas vivre avec des gens qui nous jugent… Recopie ça.

J'écoute toujours Remo. Je lis les livres qu'il me donne à lire. Nous allons souvent le voir avec Ana. Elle le connaît certainement bien mieux que papa.

Il aura donc fallu laisser quelques amis à la porte, de ceux qui respectent l'isolement d'un couple mais refusent de voir se construire ce lien étrange. De leur côté, Lily et Vincent ont adopté Ana tout comme ils avaient adopté Nathan.

Remo m'a tout de même conseillé d'arrêter de parler d'Ana comme je le faisais.

— Ana ? Une amie. Tu ne t'embarrasses pas avec ça.

Alors je m'en tiens là. Même si les regards ne trompent pas. Ana, personne n'est dupe. « Comme ma sœur », dis-je pour tout compromis, renvoyant la nécessité d'une justification à un temps révolu.

— Pourquoi est-ce que sa mère ne m'a rien expliqué ? reprend Vincent.

163

Je demande à mon frère de répéter, je n'ai pas écouté.

— Pourquoi est-ce qu'elle ne m'a pas dit ce qui est arrivé ?

Je hausse les épaules.

— Je venais juste de lui envoyer mon nouveau roman…

Je redoute toujours les moments où il est question des livres de Vincent. Il le sait, je n'en ai lu aucun. Tout juste ai-je la force de le féliciter pour tel ou tel article dans la presse. Comme si ça pouvait me dédouaner.

Personne dans la famille n'a trouvé réellement à se plaindre des livres de mon frère. De ce que m'en ont dit Lily et Ana, il n'y est nullement question de nous. Apparemment, s'entend. Car combien en filigrane ? Je ne lis pas les livres de Vincent et sans doute en est-il blessé. C'est que je n'aimerais pas voir se profiler derrière les fables savamment transposées de ses livres les vrais visages, les vraies blessures, les vraies accusations. Je n'aimerais pas, à mon insu, comprendre profondément ses livres. J'ai peur de ce que Vincent débrouille et massacre dans l'écriture. Je souhaiterais n'être qu'un lecteur lointain qui prend ses histoires à la lettre. Je ne serai jamais celui-là.

Je caresse la joue de mon frère. Ce geste m'est difficile.

Vincent se redresse sur le lit. Il tend une main vers

la bouteille d'eau sous la table de nuit. Je bois au goulot, puis je la lui donne.

Le lit est en désordre. Je contemple les deux oreillers et le drap froissé. On pourrait imaginer que deux corps ont dormi là cette nuit.

— Et toi ? interroge-t-il après avoir bu.

— Rien.

— Pourquoi tu réponds toujours : rien ?

Vincent m'observe.

— Viens, dit-il.

Je ne réagis pas.

— Viens à côté de moi, Martin.

Je m'allonge. Il y a son visage qui semble chercher quelque chose sur le mien.

— Ça veut dire quoi : rien ?

Je ne réponds pas. Il caresse mes cheveux. Je ferme les yeux et je murmure dans son cou :

— Un jour, tu m'as demandé si je me souvenais de maman. Je devais avoir huit ou neuf ans…

Vincent laisse passer quelques secondes.

— Tu as répondu quoi ?

— Rien. Comme pour dire : je n'ai aucun souvenir de maman. Je crois qu'à l'époque, c'était vrai.

— Et maintenant ?

— Je garde une image. Une seule. Je m'endors dans ses bras, je suce mon pouce. Je lève la tête. Je vois une femme en flou au-dessus de moi.

Lily s'extrait lentement du taxi. Son ventre est rebondi. Elle vient de passer le cinquième mois. Elle est belle comme ça.

Lily a fait cet enfant avec un jeune type qu'elle dit aimer de loin. Lily fait mine de s'en foutre. Encore un sujet de contrariété pour papa. Trois enfants. Trois aberrations.

— Je suis en retard, s'excuse-t-elle le souffle court. Où est Vincent ?

— Il dit qu'il n'a pas la force de venir.

Ma sœur me fixe, consternée.

— Je n'allais pas lui faire une scène et l'obliger…

Si j'avais suivi mon premier mouvement, j'aurais très bien pu agir comme Vincent. J'ai peur de regretter. Voir Nathan comme ça. Comment ? Je contemple les yeux gonflés de ma sœur, le relâchement de la peau après les larmes et je sens bien que je

166

ne peux pas confier tout ça à Lily. Elle ne me l'auto-
riserait pas.

Elle me prend par la main. Nous avançons vers la
réception.

— Vous êtes de la famille ?

— Oui, répond Lily avec aplomb.

— Une personne est déjà à son chevet, dit la
standardiste.

— On a le temps.

Lily m'entraîne au fond du hall.

— La mère sûrement. Aucune envie de la
croiser.

— Tu proposes quoi ?

— D'attendre qu'elle s'en aille. D'ici, elle ne
nous verra pas. Ensuite, on monte.

Le silence s'installe avec, en fond, le brouhaha du
hall d'entrée.

— Ça va ? dis-je en désignant le ventre de ma
sœur.

— Il est en siège. Césarienne assurée…

Elle fixe le vide quelques secondes.

— Comment tu as trouvé Vincent ? interroge-
t-elle finalement.

— Pas bien.

— Il est seul en ce moment ?

— Qui ça ?

— Vincent.

— Pourquoi tu me parles de ça ?

— Tu as des cernes, mon ange, bifurque-t-elle comme à son habitude.

— Lily… Tu pourrais me prêter un peu de fric ?

— Qu'est-ce qui se passe ?

— Je suis à sec…

— Ne me dis pas que tu as vidé l'assurance de maman ?

Je ne réponds pas.

— C'est affligeant, conclut-elle à voix basse.

Je fixe mes groles.

— Tout ? Mais qu'est-ce que tu as fait ? Tu ne paies même pas de loyer à Vincent !

— S'il te plaît…

— Tu cherches un job, au moins ?

— J'ai peut-être trouvé.

— C'est elle, dit Lily.

Elle se lève. Je la rattrape par le bras.

— Alors c'est d'accord ? Je te le rendrai dès que j'aurai ce boulot…

— Martin, tu crois vraiment que c'est le moment de parler de tout ça ?

Lily suit des yeux la mère de Nathan. Qui disparaît à l'extérieur. Sans un mot, ma sœur m'entraîne vers la réception. Elle se présente une nouvelle fois à la standardiste qui nous indique le service des soins intensifs.

Il est seul dans la chambre, intubé. Un électro-cardiogramme indique une courbe semble-t-il nor-male. Je la montre du doigt à Lily, mais elle détourne aussitôt son regard vers le visage absent de Nathan.

— On s'assoit ?

— Toi, si tu veux.

Je prends place à côté du lit. Lily se penche au-dessus de Nathan. Elle chuchote quelque chose.

— Tu crois qu'il t'entend ?

Lily prend un peu de recul, comme effrayée brusquement. Elle vient à côté de moi.

— Ils t'ont dit ce qui est arrivé ?

— Je n'ai pas demandé.

— Pourquoi ? J'aurais eu quelque chose à raconter à Vincent. Il va me demander.

— Il n'avait qu'à venir, tranche ma sœur.

Nous gardons le silence un moment. La poitrine de Nathan remue imperceptiblement.

— On dirait qu'il dort, murmure Lily.

C'est tellement étrange de le voir allongé là, en mort clinique peut-être, et ma sœur, debout près de moi, le ventre gonflé de vie. Est-ce la vie en elle qui la protège de cette vision ?

Je tourne la tête. C'est difficile d'être là. C'est dif-ficile de voir sa peau grise. J'ai l'impression de le voir mort. Son absence des dernières années, après avoir été si présent dans notre famille, renforce

169

l'évidence insoutenable de cette image. Le regard de ma sœur a intercepté mon mouvement.

— Tu veux aller fumer en bas ?

Je fais signe que oui.

— Je te rejoindrai dans le hall.

J'arpente les couloirs de l'hôpital. Je croise des cadavres en marche, traînant leur perfusion. Leur regard ralentit mon pas. Ana m'attend, c'est ce que je me répète parce que tout est vide ici. Il n'y a que la mort. Je n'ai rien à faire dans cet endroit. Oublier auprès d'Ana cette chose obscure qui menace depuis l'appel de Vincent ce matin. Cette chose sans visage qui fuse comme un obus qu'on aurait le temps de voir se diriger vers nous avant qu'il ne nous explose au visage et nous casse en mille morceaux.

La femme en flou au-dessus de moi.

Elle s'éloigne et devient toute petite.

Remo remonte le drap sur mon cou. Il m'embrasse et je sens son haleine chargée de vin. Il quitte la chambre, alors je me mets à attendre. Je fixe la veilleuse, les petits carreaux multicolores que l'ampoule fait briller. Mes yeux se ferment puis s'ouvrent à nouveau, les couleurs commencent à se confondre ; parfois, j'ai l'impression que la veilleuse darde un halo blanc, à la manière d'un arc-en-ciel qui disparaîtrait après avoir savamment mêlé les teintes de sa palette pour recomposer la transparence de la lumière. Enfin, mes paupières s'effondrent, mues par l'obligation du sommeil. Demain, Lily ou Vincent viendra me chercher dans mon lit, je respirerai la vanille ou la terre. Jusqu'à me retrouver dans ses bras à elle. *La femme en flou au-dessus de moi.*

Mais, un matin, personne ne vient.

— Désolé pour le retard. J'accompagnais ma sœur à l'hôpital.

— Un problème avec le bébé ?

— Échographie de contrôle.

— Je suis à toi tout de suite.

Ana vient de rentrer du boulot. Elle rassemble son courrier.

— Tu es sûr que ça va ? demande-t-elle avec l'air de ne pas y toucher.

— Oui, oui…

Je croise Pirate, l'un des deux chats d'Ana. Il m'observe d'un air dédaigneux. Je m'accroupis devant lui, barrage répugnant qu'il contourne en pressant le pas. J'ai toujours fait figure de gêneur dans sa vie : accapareur de maîtresse, voleur de canapé, lit et fauteuil… J'ai toujours fait mine de détester Pirate pour agacer Ana. C'est un jeu entre nous.

— Tu dois avoir faim, dit-elle.

— Pas trop.

— Tu t'es couché à quelle heure ?

— Peu importe.

— Dans quel état ?

Je lui lance un regard lassé.

— Je nourris les chats et on y va, décrète-t-elle comme pour excuser son insistance.

Je m'assois en tailleur sur le parquet. Je la regarde distribuer les bouts de poisson dans les gamelles. Les deux chats miaulent à ses pieds. Pirate commence par investir le plat de Groggy, son concurrent et infortuné colocataire qu'il n'hésite jamais à persécuter. Groggy fixe sa gamelle, impuissant. Il ouvre la gueule sans qu'un son ne s'en échappe. Groggy ne sait pas miauler. Il pousse de petits mugissements avortés. Ana écarte Pirate.

— Avant, on avait un chat, dis-je brusquement.

— Je ne savais pas…

— On l'avait recueilli à La Viguière. C'est ma mère qui avait insisté pour qu'on l'adopte, l'année de sa mort.

— Il s'appelait comment ?

— Micky.

— Pourquoi, Micky ? demande Ana amusée.

Je laisse passer quelques secondes.

Je me dis seulement : je ne sais pas.

Nous entrons dans le restaurant — comptoir en zinc qui prend la moitié de la pièce, petites tables collées les unes aux autres, bruit assommant.

Nous nous installons et passons la commande.

— Tu te souviens de la fois où on a regardé *Le Feu follet* ? Maurice Ronet et l'Américaine au lit, de longs plans serrés sur leurs visages avec la *Gnossienne* de Satie en fond…

— Pourquoi tu penses à ce film ? demande Ana.

— Juste avant de quitter la chambre, elle lui dit : « Il vous faut une femme qui ne vous quitte pas d'une semelle. Sans cela, vous êtes triste et vous faites n'importe quoi. »

Ana me fixe et j'ai peur de son silence. J'ai peur que mes propos n'aient aucun effet. C'est stupide. Ana est sensible à cette phrase, je le sais, c'est impossible autrement.

Le serveur nous tend nos plats. Des beignets d'aubergine pour Ana. Des bricks de saint-nectaire pour moi. J'ignore si je trouve l'intervention de nos entrées à ce point de la conversation parfaitement saugrenue ou, au contraire, bienvenue.

— Tu aurais pu me dire ça, toi aussi.

— Tu fais n'importe quoi sans moi ? sourit-elle.

— Ça résume pas mal de choses, suis-je seulement capable de constater.

J'ai toujours pensé que je serais devenu un sale type sans Ana. Qu'ai-je fait avant notre rencontre sinon vivre dans la sauvagerie de la perte, m'ébrouant péniblement, sans comprendre (si tant est que je comprenne aujourd'hui quelque chose à quoi que ce soit), et vivant pour moi, dans l'urgence de ne pas succomber, tout ça parce que j'ignorais qu'on pût vivre à deux, qu'on pût vivre tout court. Il aura fallu Ana pour me guider au seuil de la solitude dans laquelle la mort de maman m'a fait grandir. La solitude et la perte font des vauriens si personne ne vient vous chercher. Que pouvaient-ils, Lily et Vincent, qui m'ont emprisonné croyant me protéger ? Ils m'ont coupé du monde pour ne pas qu'il me tue, et c'est Ana qui m'a finalement confisqué le couteau, déniché je ne sais où, que je frottais contre ma gorge. Ana a décidé que je serai un mec bien. Il faudra encore des années. Je m'accroche tant bien que mal, tenté chaque soir par le vide. Mais je ne saute pas. D'où pourrais-je sauter d'ailleurs ? Moi, j'ai grandi face contre terre. Ana est ma seule hauteur. Ana est la seule à m'avoir montré le ciel. J'ai eu le vertige, je crois. J'ai fui, ventre à terre.

Le vide sous mes pieds ne me fait pas peur.

Seul le ciel m'effraie.

Comment ai-je fait pour ne pas perdre Ana ?

— C'est bon, toi ?

— J'aurais dû prendre le feuilleté, dit-elle.

Ana regrette toujours les plats qu'elle choisit.

Comme à l'accoutumée, elle goûte dans mon assiette. Je la regarde faire. Je détaille sa peau brune, ses larges cils et sa chevelure qu'elle a vaguement attachée avec un crayon à papier. Ana affiche une décontraction gracieuse. Elle est belle. Mais personne ne réussira à l'en persuader vraiment.

— Je bois nettement moins ces temps-ci. J'espère que tu es fière de moi.

— Très, rétorque-t-elle avec ce sourire qui signifie que je mens de façon grossière.

— Je déteste quand tu ne me prends pas au sérieux.

— Je ne vois plus à quoi ressemble Maurice Ronet dans *Le Feu follet*, élude-t-elle.

— C'est pourtant toi qui avais insisté pour que nous le regardions…

— C'est étrange comme les choses finissent par ne plus nous appartenir. Aujourd'hui, tu me parles de ce film et c'est comme s'il m'était étranger…

— Admettons que je n'ai rien dit.

Je lève mon verre :

— À Groggy !

— Pourquoi Groggy ?

— Parce que je ne veux pas entendre parler de Pirate, ce soir.

— Tu bois beaucoup trop en ce moment, Martin.

Je me rencogne dans le siège et je fixe mon assiette.

— Tu vas continuer encore longtemps ?

— Continuer quoi ? dis-je avec agacement.

— Déserter la fac, tout saborder. Ça fait combien de temps que tu n'es pas retourné en cours ? Six mois ?

Je garde le silence.

— Qu'est-ce qui ne va pas ce soir ? demande-t-elle.

— Comment ça ?

— Je vois bien.

— Ça va, je t'assure.

— Tu es très bizarre. Tu t'en rends compte au moins ?

Je fais non de la tête. Et l'angoisse revient. Sans visage. Sinon peut-être celui de Nathan.

Ce soir, c'est Sacha qui servait.

Il devait être deux heures du matin et je lui ai commandé une dernière pinte de Guinness.

— T'es sûr ?

Sacha savait que je ne renoncerais pas au verre de trop.

— Promis, ai-je articulé d'une voix mal assurée, dans une semaine j'aurai de quoi te régler.

— Tu te produis sur quel trottoir ? a-t-il ricané.

— Ma sœur va me prêter du blé.

J'ai observé les derniers habitués — anglais pour la plupart — qui saluaient Sacha d'une poignée de main virile et rentraient mettre au pieux leur ventre gonflé de bière.

Une fois le bar vidé, Sacha a éteint l'écran muet qui diffuse ses sacro-saints matchs de rugby. La rue de Lappe grouillait encore de noctambules venus investir les cafés branchés de Bastille.

— Regarde-moi ces couillons…, a dit Sacha le regard tourné vers l'extérieur.

Sacha tient son bar pour l'un des derniers havres fréquentables du quartier.

J'ai terminé ma pinte d'une traite. Écœurante.

— Je te raccompagne, petit ?

— Jusqu'à Montparnasse ?

Sacha n'a pas répondu. Ça voulait dire : oui, jusqu'où tu voudras. La fidélité de Sacha peut l'entraîner à des kilomètres de chez lui lorsque ça lui chante.

Il a baissé le rideau de fer et nous nous sommes mis en route.

Nous avons marché en silence jusqu'à la Seine.

J'aime me taire avec Sacha. Le silence ne nous a jamais empêchés d'être ensemble, à la manière de deux vieux clebs qui montent la garde sans broncher et veillent l'un sur l'autre, quoiqu'il ne risque pas de leur arriver grand-chose. Il faut croire que la bienveillance aime à s'exercer hors de tout danger.

— Et ce boulot ? a-t-il demandé au bout d'un long moment.

L'une de nos spécialités consiste à nous donner des nouvelles des plus ordinaires en fin de course, au seuil du petit jour, lorsque la nuit s'apprête à laisser place aux affairés, aux tout juste réveillés, pressés par l'ouverture des bureaux, les actifs, mes faux frères à qui je ne pourrai jamais ressembler quand bien même on m'y obligerait. Remo a bien tenté de me faire faire quelques stages, il n'en est jamais ressorti que des fugues minables et pathétiques passé une semaine d'ennui et d'immobilisme aux heures ouvrables. L'alcool a au moins le mérite de me tenir loin de ces cases où il serait temps que je me tienne bien droit et discipliné. Le mauvais sommeil me rend au sol, purgé, vidé, comme si une loi pernicieuse me donnait chaque matin une dernière chance, celle d'avoir à nouveau le choix, une fois avalés deux cachets, d'accepter enfin les règles du jeu. Je fais bonne figure avec ma triste mine devant Ana, Lily et Vincent. Sacha, lui, est mon abandon. Nous nous aimons pour ça.

— Ce boulot ? ai-je repris. Rien.

Je tente de composer le code de mon immeuble. Sacha chasse ma main et s'en charge.

— J'ai envie de gerber, Sacha…

Nous descendons l'escalier miteux de l'entrée de service. Pour ceux qui ont élu domicile à mon étage, c'est-à-dire sous les toits, il est interdit d'emprunter la porte principale et magistralement bourgeoise. Les propriétaires des appartements qui gisent sous nos pieds s'y opposent formellement. Je suis pourtant le seul jeunot susceptible de faire monter quelque racaille menaçante (j'ai voulu croire un moment que le problème était là…). Au reste :

une fleuriste célibataire, un ethnologue plus souvent dans la jungle que dans sa chambre de bonne... J'aime ces voisins-là. Parce qu'ils se foutent éperdument, du haut de leurs quarante ans, de se farcir l'entrée de service. À l'instar de Sacha et moi, ils descendent les quelques marches qui mènent à la cave, puis empruntent le minuscule ascenseur à moquette orange qui réintègre péniblement la surface des vivants puis s'élève jusqu'au sixième.

Je m'écroule sur le lit.

— J'en tiens une sévère...

— Pourquoi est-ce que je t'ai raccompagné à ton avis ?

Sacha m'enlève mes baskets.

— Tu es ruiné, Martin.

— La semaine prochaine, promis...

Il esquisse un sourire et ne prend pas la peine de relever tandis que je comprends avec retard qu'il voulait parler de mon état et non de mon ardoise au Bar des familles.

J'enfonce mon visage dans l'oreiller. La chambre bascule en tous sens. J'aimerais qu'elle s'immobilise, fût-ce à l'envers.

— Tu veux que je reste ?

— J'aurai assez de mes cinq doigts.

Il grimace de consternation.

— Il va falloir faire quelque chose. Tu le sais, n'est-ce pas ?

181

— Me faire vomir.

— Fais pas semblant, Martin. Je ne parle pas de ça.

— Alors quoi ?

— Je ne peux pas répondre à ta place.

— Je vais me tirer.

— Ça me rappelle quelque chose…

— Mais vraiment cette fois !

— Tu m'abandonnerais lâchement ? lance Sacha avec cette ironie bien à lui qui signifie qu'il attend de moi que je prenne à la lettre ce qu'il vient de dire en dépit du ton soi-disant sarcastique.

— Je te plaque, là !

Je ris, la bouche étouffée dans l'oreiller.

— Pourquoi tu n'es pas allé dans ton bled avec les autres ? demande Sacha.

— On n'a pas ouvert La Viguière, cette année. Tu m'emmènes, là, tout de suite ?

— Moi, je t'emmène plus loin, tu sais bien. Mais tu n'as jamais voulu…

— Chez ton pote à Berlin ?

Je penche la tête en arrière, je roule sur la couette.

— Oh ouais… Tout de suite, je te dis.

— Je me casse, soupire Sacha. De toute façon, tu ne te souviendras de rien demain. Autant palabrer quand tu tiens encore au comptoir.

— Attends… Sacha, si on y allait…

— Tu racontes n'importe quoi.

— Il faut que je m'en aille.

— Tu ne pourras jamais les quitter. Ou alors dans trois siècles. Dans l'intervalle, j'aurai crevé la gueule ouverte.

— Je te promets.

— On ne promet rien quand on est dans ton état

—.Deux, trois choses à régler…

Je laisse retomber mon front sur l'oreiller.

— Tu ne trouves pas que Paris est déprimant en août ?

Sacha ne réplique pas. Peut-être pense-t-il à autre chose. Nous à Berlin. Depuis le temps.

— Je me dis toujours : on va profiter de la ville maintenant qu'elle est vide. Et là, tu te rends compte qu'il ne reste que les fous, les pauvres cons, seuls comme des rats.

— Paris ? marmonne Sacha dubitatif.

Il passe une main sur mon épaule.

— Partout, crétin. Tu dis n'importe quoi. Tu espères quoi ? Partout pareil. Tu verras. Même à Berlin.

Il se lève et branche la chaîne. J'entends les premiers accords mélancoliques de *Nothing Matters When We're Dancing* des Magnetic Fields.

La porte d'entrée se referme derrière Sacha.

183

Dance with me my old friend
Once before we go
Let's pretend this song won't end
And we never have to go home
And we'll dance among the chandeliers
And nothing matters when we're dancing...

Je dessine une porte sur la maison de Micky avec un feutre noir dont j'aime respirer l'odeur. On entend le vent et rien d'autre. Je relève la tête et j'ai l'impression que le silence du désert doit ressembler à ça.

Le feu d'artifice de la Saint-Christophe. Je suis assis en tailleur sur le sable. Derrière moi, Vincent me serre dans ses bras. Je voudrais me dégager mais il serre très fort. J'observe le visage de Lily. Elle a le regard fixe, comme quelqu'un qui ne voit plus rien.

Quand les gerbes colorées illuminent le ciel, je cherche Nathan sur la plage. Des ombres minuscules s'agitent devant la mer sans que je puisse savoir si c'est lui.

Ce matin personne n'est venu, qu'une silhouette qui a prononcé mon prénom. Trois fois.

La première fois, avec Lily, j'ai quitté la chambre. Je me sentais de trop. Et puis, quelque chose est arrivé.

Je suis là. Comme tous les jours depuis une semaine.

Parfois, ta poitrine se soulève de façon plus ostensible. Est-ce que tu as peur ?

Tes paupières restent figées comme sur un visage de cire.

Ne t'inquiète pas, je ne te lâcherai pas.

Je suis venu plusieurs fois. J'ai appliqué la technique de ma sœur : installé dans un siège du hall, j'ai attendu que ta mère disparaisse dans l'allée centrale. Alors je suis monté. Les infirmières ne m'ont pas reconnu. Je me suis expliqué maladroitement. Elles m'ont laissé entrer. À force, elles ont pour moi une sorte de reconnaissance. Elles trouvent peut-être que je suis un garçon bien parce que je viens te voir tous les jours. Il y a beaucoup de malades ici qui restent seuls et à qui personne ne rend visite. Elles ne m'ont jamais rien demandé. Elles disent : « Bonjour, vous venez voir Nathan. » Elles me donnent de tes nouvelles. Je m'engouffre dans ta chambre. Elles referment la porte derrière moi.

Elles ont dit : rupture d'anévrisme. Elles ont dit qu'elles ne savaient pas si tu reviendrais parmi nous. Et dans quel état. Elles ont dit : parfois, la mort est plus souhaitable.

J'assiste aux soins, j'observe ton corps nu sous leurs mains affairées. Je me suis habitué à cette nudité malade, la merde qu'elles recueillent entre tes jambes comme une dernière trace de vie, les liquides qu'elles font circuler dans tes veines dans l'espoir qu'ils sauront te redonner une apparence humaine.

Tu m'entends. Je ne sais pas pourquoi, j'ai décidé ça.

Parfois, je pense au jour où tu te réveilleras. Tu te souviendras de tous ces moments passés ensemble, n'est-ce pas ? Il n'y aura rien à rattraper que le trouble à échanger un regard. Alors je me rappellerai plus précisément toutes ces journées, ces soirées que tu as passées avec nous. Pour le moment, il ne m'en reste que des images vagues, la certitude de ta présence, de ta chaleur, mais des souvenirs imprécis, comme des photos dont les couleurs auraient terni.

Lily et Vincent me cherchent. Je n'ai pas donné signe de vie depuis plusieurs jours. Je n'ai pas la force de leur parler. Juste rester avec toi. C'est toi maintenant le destinataire. Une brèche s'est présentée dans laquelle je me suis engouffré et je ne peux plus faire machine arrière. Je m'engage sur un territoire où je ne suis peut-être pas le bienvenu. Je le fais pour moi.

On se ressemble, toi et moi. Très peu de choses nous séparent, un regard sans doute, ton regard. Pour le reste, je te vois comme l'on fixe un miroir : je ne suis pas autre chose qu'un corps couché et inerte, offert aux mains de celles et ceux qui se sont donné pour mission d'en prendre soin, en attendant qu'il s'éveille. Mais les mains qui me couvent ne pensent qu'à me faire taire. Oui, on finit par se dire que le silence de ces yeux-là va durer éternellement et c'est très bien comme ça. Il n'y a que dans le vertige nauséeux de la Guinness que j'ai l'impression de m'appartenir.

C'est toi qui me dis tout ça, crois-moi.

Ils trembleraient certainement de savoir ce que nous nous racontons là.

Une main se pose sur mon épaule. Je me retourne lentement. Une femme se tient au-dessus de moi. Elle porte une longue robe d'été, un sac en bandoulière. Elle doit avoir soixante-cinq ans. De minces rides partent en étoiles de ses yeux.

Sa main s'éloigne. Elle fait quelques pas dans la chambre.

— Vous venez tous les jours, dit-elle.

Ce n'est pas une question.

Elle s'assoit de l'autre côté du lit. Je lève la tête.

— Je ne lui rends jamais visite après dix-sept heures. C'est le moment que vous avez choisi pour être avec lui.

Elle s'interrompt et détaille mon visage. Je baisse les yeux vers toi.

— Une fois, je suis revenue à l'improviste. Je vous ai vu à travers la vitre.

Mon front ruisselle. Je me lève brusquement et je vais boire au robinet.

Je reviens près du lit, je reste debout, comme de trop à nouveau. Elle me fait signe de m'asseoir. Je m'exécute.

Sa tête a un léger tremblement. Pas une larme pourtant. Ses lèvres demeurent entrouvertes.

Elle s'empare du gant de toilette et le passe sur ton front.

— Vous lui parlez ?

J'hésite, puis je fais signe que oui. Elle esquisse un sourire. On dirait que cette femme éprouve de l'affection pour moi. Mais c'est sans doute la tristesse qui donne à son regard cette bienveillance. Elle a besoin de moi. Elle a besoin que nous soyons tous les deux à côté de toi, Nathan. Te partager. Partager ton fantôme.

— Je suis sûre qu'il vous entend.

Elle fouille dans son sac et en extrait des clefs.

— Je vous les laisse.

Elle les tend au-dessus de toi.

— Prenez-les. Mon fils est ici. Il n'est pas près d'en partir. Je n'ai rien à faire là-bas. Je sais qu'il compte beaucoup dans votre famille…

J'avance la main et je saisis le trousseau. Mes doigts se replient. Je sens l'angle tranchant des clefs contre ma paume.

Elle se lève et t'embrasse sur le front. Elle te dit à demain. Elle fait le tour du lit et pose de nouveau sa main sur mon épaule.

La porte se referme derrière elle.

Lacryma, quai Debilly. C'est tout ce que je sais.

Je pourrais appeler Vincent.

Je n'appelle pas Vincent.

Je m'immobilise au milieu du pont de l'Alma et je contemple l'épaisse rangée d'immeubles qui surplombe le quai. Je me demande pourquoi je suis venu alors que cette armada s'élève devant moi comme une forteresse interdite. Je baisse la tête et je regarde l'eau couler sous mes pieds. Je tente de me représenter la fraîcheur boueuse de la Seine, toutes ces vies qui s'y déversent et dont on ne voit que ça, la crasse lointaine sous la surface sombre. Je suis des yeux le courant jusqu'à l'île de la Cité.

C'est alors que j'aperçois les péniches amarrées au quai. Je traverse le pont à grandes enjambées. La sueur dégouline dans mon dos. Je sens mon paquet de cigarettes se ramollir sur mon cul. Les bateaux se rapprochent de moi. Je plisse des yeux, m'efforçant de discerner les coques et leurs inscriptions.

C'est la première péniche sur le quai. Elle semble déserte et tranquille. On a tiré les rideaux derrière les hublots. Sur son flanc noir, peint en blanc, on peut lire : *LACRYMA*.

Je descends le petit escalier qui conduit à la cabine et j'introduis la clef. À l'aveugle, je passe une main sur le mur pour trouver un interrupteur.

Un salon. Assez cossu. Pas du tout ce que je t'aurais imaginé. Tu tiens sans doute cet endroit de tes parents.

Je fais quelques pas dans la pièce et j'examine les meubles en bois foncé, les banquettes devant l'étroite cheminée, la moquette beige.

Je traverse le salon et j'emprunte le couloir. Je croise une première chambre. Vide et inhabitée manifestement. En remontant quelques marches, on accède à la cabine de pilotage. Je contemple Paris à travers la vitre. Je passe une main sur le tableau de bord verni.

Derrière moi, se trouve une autre porte. Je me baisse et je descends de nouveau quelques marches. C'est ta chambre. Très basse de plafond. Je peux à peine me tenir debout. Une bibliothèque en désordre. Des vêtements éparpillés. Et une odeur étrange. La tienne ? Je respire profondément et je ressens un étourdissement, comme si je venais de plonger trop vite dans l'intimité d'un corps que je n'ai pas pris le temps d'approcher.

Il y a ta valise au pied du lit, à peine défaite. Je me penche et j'aperçois une enveloppe. C'est l'écriture de Vincent. Je trouve son dernier livre à l'intérieur : *Ce qui reste entre les vivants*. Je l'ouvre, je me garde bien de lire la dédicace, je feuillette. Les mots sont étrangement agencés, pas comme dans les livres précédents de mon frère, des phrases très courtes, des sauts de ligne, comme une longue chanson qui se poursuit de page en page.

À la radio, la grève continue.
Il n'y a plus d'infos.
Je pourrais compter les jours.
Je ne compte pas.
Ça continue. C'est tout ce que je sais.

Il fait encore nuit.
Je me traîne dans le salon avec ce trou en haut du ventre, inchangé, qui fait tantôt des sacs de chagrin, tantôt goût à rien, que dalle, plaqué aux draps.
Je fais un café.
Je n'ouvre pas les rideaux. Pas encore.
Je pense à la journée qui m'attend.
Je reste immobile.
J'ai l'impression qu'on m'a attaché.

Si tu veux qu'elle continue à vivre en toi, il faut que tu vives.

J'ai entendu quelqu'un me dire ça dans les premiers jours.

Je ne sais pas ce que signifie cette phrase.

J'y ai reconnu quelque chose. D'encore obscur.

Je répète la phrase.

J'ignore ce qu'elle deviendra.

Ce sera pour plus tard peut-être.

Je ne peux pas entendre.

Que pourrais-je vivre que j'ai tout à fait perdu ?

Comment ça va la vie ? demandait Marina dans un poème.

Comment.

Je ne sais plus quoi répondre quand on demande de mes nouvelles.

Je commence par me taire. Je tente un sourire dépité.

Non, ce n'est pas plié. Ils le savent bien.

C'est gentil de demander de mes nouvelles. Je veux conserver cette politesse reconnaissante qui consiste à essayer de répondre.

C'est gentil de ne pas me laisser seul.

Comment ça va la vie depuis la mort ?

Mes mains se figent sur le livre. Ana et Lily m'avaient pourtant assuré que les livres de Vincent se tenaient hors de tout danger, de toute implication qui pourrait nous atteindre. Se peut-il qu'il ait cédé ? Qu'il l'ait écrit ? Le livre de maman.

Ça continue.
La grève et le reste.
J'aurais aimé écouter les infos ce matin.
Histoire de m'habituer au monde.
M'habituer à l'idée que je vais devoir y prendre part.
Mais. Pas d'infos.
J'attends, immobile. Dieu sait quoi.
Ton improbable apparition.
Je te vois arrivant dans le salon.
Je t'attends.
Tu ne viens pas.
Et je ne me dis pas : elle va venir.
Je me dis : je veux qu'elle vienne et elle ne vient pas.
Elle ne viendra plus.

Je tourne les pages. Je survole, je bute, je cherche.

À la radio, la grève continue.
Toi aussi.

Hier, maman a appelé pour mes trente ans.
Je n'ai pas décroché.

Elle m'a laissé un message : « Tu as trente ans. C'est jeune. »

Elle a dû chercher un bon moment avant d'appeler. Pour savoir quoi dire. J'ai trouvé ça plutôt délicat. Pas si maladroit que ça. Même si je ne peux pas entendre pour le moment.

Il y a une vie devant.
Que je n'ai pas envie de vivre.
Que je vivrai pourtant.

Je sais ce que je cherche. Le soulagement. Il est là, tout proche, au milieu du livre.

Je n'ai rien changé dans l'appartement.

Il va bien falloir, je sais. Tout le monde le dit. Personne ne comprend que je ne m'y sois pas déjà mis.

Tout le monde comprend en réalité. Personne, à ma place, ne s'y serait déjà mis.

La bienveillance fait parfois mine de. Il faut certainement enfoncer des portes ouvertes pour réanimer un corps inerte.

Ils me disent de tout changer. Ils proposent qu'on s'y mette tous. Ils demandent si j'ai vidé les armoires. Ils me disent qu'il faut que je vide les armoires. Les commodes, on verra plus tard. On garde. Je les rouvrirai un jour.

Je ne peux pas regarder les photos.
Les premiers jours, oui.
Plus maintenant.

Comment ça va la vie ? demandait Marina dans
un poème.
La vie fait un mal de chien.
Rien d'autre pour le moment.

Je vais directement à la dernière page.

Ce qui reste entre les vivants.
Je réponds ça parfois.
Ça n'appelle pas de commentaires.
C'est juste ça : ce qui reste entre les vivants.

Le café est pisseux.
C'est toujours toi qui le faisais.
Je le jette.

Comment ça va la vie depuis la mort ?
On reste entre vivants.

À la radio, la grève continue.
Je pourrais compter les jours.
Je ne compte pas.
Ça continue. C'est tout ce que je sais.

En page de garde, Vincent a inscrit : « Roman ».

La péniche remue insensiblement. On entend l'eau de la Seine venir achopper contre la coque à intervalles réguliers.

Je glisse le livre dans l'enveloppe et je le replace là où je l'ai trouvé. Les battements de mon cœur deviennent plus réguliers.

Je m'approche du lit et brusquement le scintillement d'une bague attire mon attention. Je la retourne entre mes doigts. C'est une alliance très fine. À l'intérieur de l'anneau est gravé : 27 juillet 1966.

Je m'allonge sur le ventre. Mon visage se crispe. Je laisse venir. Recroquevillé sur les draps froissés, je me mets à sangloter. Je laisse faire. Vide, je voudrais être vide. Je laisse.

La silhouette se penche vers moi et prononce mon prénom. Trois fois.

Le charivari d'une musique symphonique perce sur le palier. Je frappe à la porte de Remo. Il ne doit pas entendre.

J'introduis dans la serrure la clef que mon oncle m'a confiée et j'entre. Le vacarme grandiloquent et précipité de Berlioz s'abat sur moi.

Dans la première pièce, le billard est encombré de livres et de dossiers. Il y flotte une odeur de renfermé. Une petite lampe à la lueur verte et diffuse penche sur une pile.

Je suis la musique et j'accède au salon. Les murs sont recouverts de larges rayonnages ; tout juste a-t-on laissé la place pour quelques photos datées et jaunies. J'aime particulièrement celle de Lily. Elle a dix-huit ans, les cheveux plus longs qu'aujourd'hui. Remo a fait tomber le cadre l'an dernier. Ne reste que la photo et le verre, collés l'un à l'autre. Elle est calée contre un alignement de livres. Mon regard va

200

toujours vers elle lorsque je pénètre dans le salon. Je regarde longuement la main de Lily qu'elle passe sur son front, balayant sa chevelure. Elle porte une robe à fleurs brunes et un tee-shirt blanc sous les bretelles. Derrière elle, la plage. Et au loin, La Viguière.

La nuque de Remo dépasse du dossier. Je m'approche. Sur l'écran du téléviseur, défilent des falaises, la mer scintillante et profonde, des maisons blanchies à la chaux... Remo ne s'est toujours pas aperçu de ma présence. Je contourne le canapé et je prends place à côté de lui. Il pose une main sur ma cuisse.

— Tu reconnais ?

— Berlioz, pour changer...

— Non, là, précise-t-il en désignant les images.

Je hausse les épaules.

— Une île en Grèce ?

Il n'a pas entendu et continue de fixer l'écran.

— C'est où pour baisser le son, Remo ?

Il saisit la télécommande et tend le bras vers le téléviseur, un doigt maladroitement posé sur deux ou trois touches. L'image disparaît, réapparaît et, après en avoir augmenté exagérément la luminosité par erreur, Remo finit par faire taire Berlioz.

Le paysage continue à défiler en silence, comme derrière la vitre d'un train.

— À une époque, tu ajoutais des commentaires,

dis-je. C'était bien mieux que ta musique de pompier…

Remo sourit. Le verre de ses lunettes est bardé d'éclaboussures grasses.

— Ta mère aimait la Corse plus que tout, récite-t-il.

— Pourquoi tu regardes ça ?

Il ne répond pas tout de suite. Le visage de maman apparaît sur l'écran. Elle porte un châle sur la tête et elle rit aux éclats. L'image VHS a terni. Les gestes semblent accélérés comme sur un film en super-8.

— C'est ça mon bonheur, Martin.

Je n'aime pas voir ma mère. J'ai l'impression que c'est quelqu'un d'autre que moi qui la regarde — celui-là qui s'est exercé à la reconnaître chaque fois qu'on lui montrait une photo d'elle.

— Tu as eu ton père au téléphone ?

— Plus irascible que jamais.

— Alors c'est qu'il va mieux.

— Pourquoi mieux ?

Remo fait un geste vague de la main.

— Ses rhumatismes…

— Vous avez l'air malin, les deux frères, à comptabiliser vos petites douleurs.

— Heureusement que tu es là pour nous traiter de vieux cons !

Il éteint le téléviseur.

— On va boire un verre, hein ?

Il se lève péniblement et part préparer l'apéritif. Je continue à observer l'écran, comme si quelque chose allait encore s'y jouer.

Remo pose le plateau sur la table basse et nous sert du porto. Nous trinquons. Les verres de mon oncle ressemblent à ses lunettes et me dégoûtent toujours un peu — poussiéreux ou lavés à la va-vite. Je me force à boire une gorgée. Le picotement de l'alcool m'aide à oublier ma vague répulsion.

— Alors, commence Remo plein d'enthou- siasme. Tu l'as trouvée, cette péniche ?

Je le dévisage.

— Tu savais ?

— Il y a des choses qu'on doit trouver tout seul, se justifie-t-il avec un air malicieux. C'est curieux pour un jeune gars de vivre sur la Seine...

— Il revenait tout juste de Montréal. Elle doit appartenir à ses parents.

— Nathan n'est pas mort, Martin. Je te prie de parler de lui au présent.

Remo n'est plus tout jeune. J'accepte et com- prends sa susceptibilité.

— Tu devrais appeler ton père, bifurque-t-il.

— Je viens de te dire que je lui ai parlé.

— Tu mens, Martin. Pourquoi nous as-tu laissés sans nouvelles ?

— Je ne sais pas.

— Tu sais très bien. Heureusement que je ne dis pas à ton père que tu viens me voir. Il serait triste.

Est-ce ma faute si les choses se sont distribuées ainsi ? Je n'ai pas envie d'aller voir mon père. Remo a forcé mon amour, il l'a obtenu.

— Papa devrait boire autant que nous, dis-je.

Et je lève mon verre.

— On se comprend, tous les deux.

Remo baisse les yeux.

Je suis le fils le plus ingrat de la terre. Et j'aime Remo. J'aime sa perdition qu'il a toujours portée sur le visage le plus discrètement du monde, sans jamais être tenté d'en accuser personne. J'aime cette ombre que j'ai vue errer, inutile et bienveillante, imitant parfois la rudesse de mon père et balayant ces tentatives peu crédibles par un rire qu'il semblait vouloir garder pour lui seul. Remo m'a toujours semblé être de ces êtres inconsolables et joviaux.

— Pourquoi ça n'a pas marché chez nous ?

— Tu parles de quoi, petit ?

— Notre famille. Tu vois bien comment ça a poussé. Mal poussé. On aurait pu très bien se débrouiller sans maman. Vous avez tout fait pour. Et regarde comme on se traîne… Qu'est-ce qui s'est passé ? Parfois je me dis qu'il s'en est peut-être fallu de peu…

Remo me ressert. Je regarde sa main trembler lorsqu'il penche la bouteille.

— Maman méritait mieux que Berlioz, tu ne crois pas ?

Il boit.

— Tu l'aimais, dis-je.

Il repose son verre sur la table basse et ça claque.

— Tu sais où me trouver, dis-je en me levant.

— Tu retournes sur la péniche ?

— Oui.

— Tu cherches quoi ?

— Je viens de te le dire.

Martin. Martin. Martin.

Il me semble parfois qu'elles préparent un mort pour une inhumation toujours différée, un mort que personne n'aurait réclamé, qu'on lave et soigne dans l'espoir qu'un lointain parent se manifeste avant qu'il n'en puisse plus et, à bout de souffle, s'émiette comme la terre qui l'accueillera.

Ta poitrine se soulève si lentement que j'ai parfois l'impression de lui avoir prêté un mouvement auquel elle a, en réalité, renoncé depuis longtemps.

Je suis toujours là. Le temps que je passe avec toi, je le rogne sur celui passé avec Lily et Vincent. Qu'ils viennent me trouver ici s'ils veulent me voir… Tu seras l'arbitre impeccable du chapardage auquel je procède.

Nathan, que nous nous serons passé de bras en bras, comme un enfant qui ne touche jamais le sol et nous aide ainsi à mieux nous tenir debout.

Nathan, qui t'es trouvé sur le chemin des trois enfants, prétexte à débrouiller nos énigmes. Qu'aurons-nous cherché si longtemps auprès de toi ? Ton héritage se tient là, dans cette fratrie grelottante, petite tribu en quête des lois qui régissent leur trajectoire et ratages supposés. Nathan, dépositaire de notre obscurité dont on ignore s'il ne vaudrait pas mieux la laisser telle quelle, mais dans laquelle chacun des trois se sera pourtant risqué au moins une fois…

Ana me laisse deux messages par jour. Elle s'inquiète depuis que j'ai trouvé refuge sur le bateau. Hier, j'ai vu son numéro s'afficher. J'ai été tenté de laisser la messagerie se déclencher mais j'ai finalement décroché. Les mots se précipitaient dans sa bouche, s'engouffrant dans la paresse de mon silence.

— Tu as disparu ?

— Je suis là…

— C'est où, là ? J'ai laissé un mot chez toi. On ne t'a pas vu depuis plus d'une semaine…

Elle s'est interrompue quelques secondes.

— Tu m'as oubliée, hein ?

Dans cette question, je crois toujours entendre : « Qui as-tu rencontré ? » Ana n'est pourtant pas de celles qu'on met en balance. Elle est celle que je ne mets pas en balance, drôle de loi dont elle vérifie à intervalles réguliers et en même temps que moi la pérennité.

— Tu viens déjeuner ? a-t-elle demandé.

— Non, viens plutôt. Après ton boulot.

Je lui ai donné l'adresse du *Lacryma*.

Je lui ai fait visiter. Elle m'a suivi partout, se gardant bien de demander des explications dans un premier temps. Elle avait ce léger sourire où l'on pouvait lire : « Qu'est-ce que tu as encore été inventer, Martin ? »

Je lui ai dit que je veillais désormais sur ton embarcation et que j'allais te voir à l'hôpital quotidiennement. Elle m'a observé longuement. Ana peut passer des heures à me sermonner lorsqu'elle me voit déserter la fac mais elle ne laisserait personne me reprocher mes inventions curieuses, ces compagnons de perdition auxquels je m'attache, ces rades où je gonfle mon ventre jusqu'à m'écrouler bien soûlé et soulagé de pouvoir forcer le sommeil. Que je me réfugie dans ton coma, il n'y a sans doute là rien qui l'étonne.

Je l'ai fait asseoir sur ton lit et je lui ai parlé de toi encore. Puis nous nous sommes allongés et j'ai plongé la tête dans son cou. J'ai approché ma main de ses cuisses. Elle l'a arrêtée, jetant des regards autour d'elle, tes livres, tes affaires entassées sur le sol, et les miennes, sales, qui les recouvraient maintenant.

Puis, elle a laissé aller ma main sous le tissu.

*

— S'il veut de mes nouvelles, il devra se contenter de celles que tu lui as données.

J'attrape mon tee-shirt au pied du lit de Nathan. Il est trempé de sueur. Mon slip aussi. Je me penche au-dessus de la valise de Nathan et je commence à fouiller ses affaires.

— Qu'est-ce que tu as contre Vincent brusquement ? demande Ana qui a déjà enfilé sa robe. Tu m'aides ?

Je remonte la fermeture dans son dos.

— Vincent n'a pas foutu les pieds une seule fois à l'hôpital, tu imagines ? Il pleurniche depuis sept ans parce que son « frère d'élection » s'est barré à huit heures d'avion et il n'est même pas capable de se bouger le cul le jour où il tombe dans le coma !

— C'est trop dur pour lui, tu sais bien.

— Vincent est d'une lâcheté affligeante.

— Arrête avec tes petites phrases. Tu avais dit que tu ne le jugerais pas.

— Et le jour où Nathan va se réveiller ? Il cherchera Vincent. C'est moi qu'il verra ! C'est grotesque et injuste.

— Tu as décidé que tu n'étais personne pour Nathan. Tu te trompes.

Je reste en arrêt.

— Et Vincent ? Qu'est-ce qu'il voulait au juste ? Savoir dans quel rade je me démolis la gueule ?

— Il veut que vous vous retrouviez un soir tous les trois.

— Ça commence mal.

— Il dit que vous ne vous réunissez jamais tous les trois.

— Il exagère. Et puis, si c'est pour les écouter sangloter en parlant de ma mère et ressortir les yeux secs avec l'impression de m'être senti aussi étranger qu'à la messe, je préfère autant m'en passer.

— Tu étais là, Martin !

Je lance un regard d'incompréhension à Ana.

— Tu étais là. C'était ta mère à toi aussi. Vous vous êtes connus.

— Si peu. On me l'aurait présentée au détour d'une rue que ç'aurait été pareil.

— Tu te rappelles qui t'a annoncé sa mort ?

Je fais signe que non et j'enfile mon jean.

— Nathan, dit-elle.

Je reste figé.

— Quoi ?

— C'est Nathan qui te l'a dit.

Je ne bouge pas. Peut-être devrais-je me sentir accablé. Un étrange soulagement m'envahit.

— D'où tu sors ça ?

— Lily.

— Elle aurait pu me le dire…

— Je la comprends. C'est difficile de parler avec toi.

Je saisis le premier tee-shirt que je trouve dans la valise. Il est rouge vif. Avec inscrit : « Montréal, je me souviens ». Il me va parfaitement. Comme tous les vêtements de Nathan d'ailleurs. Il y a là quelque chose qui m'étonne tous les jours depuis que j'habite sur la péniche. Que tous les vêtements de Nathan soient parfaitement ajustés à ma taille.

— Je vais les appeler, dis-je.

Et après un silence :

— Je vais les appeler et on va se le faire, ce dîner. Ici même. Sur la péniche.

Elle a débarqué vers midi. Trouvant la péniche fermée à clef, elle est venue taper au carreau de la chambre. J'ai sursauté lorsque j'ai vu son visage derrière la vitre. Une barre de trois tonnes s'est abattue sur mon crâne. Je me suis enroulé dans le drap et je suis allé lui ouvrir. Avant même que je ne pose la moindre question, elle s'est mise à acquiescer avec un sourire large et juvénile.

— Nathan s'est réveillé !

Et brusquement ta mère avait dix ans de moins.

J'ai couru au fond de la péniche, abandonnant le drap en chemin. Je me suis habillé à la hâte et nous avons rejoint la voiture. Elle a démarré en trombe.

— L'infirmière s'en est aperçue tôt ce matin. Le pauvre amour. Il a dû se demander où il était et ce qui était arrivé. Ça me fend le cœur. J'aurais voulu être là pour le rassurer.

— Il est comment ? Je veux dire…

— Hémiplégique.

— Vous savez, je pourrais m'occuper de lui quand il sera sorti.

Ta mère a garé la voiture devant l'hôpital et s'est tournée vers moi.

— Vous pourrez venir le voir tous les jours. Je n'ai que ça à faire. On s'installera sur la péniche. Il y a de la place. Mais c'est à Nathan de décider bien sûr.

Dans les couloirs de l'hôpital, mes jambes tremblaient. Je craignais ce premier regard. J'avais une foutue envie que tu me reconnaisses comme ton propre frère. Que toutes mes paroles, chuchotées de longs jours durant, surgissent brusquement dans ta mémoire.

Je n'ai pas pu m'empêcher d'avoir une pensée hostile pour mon frère.

— Vous avez prévenu Vincent et Lily ?

— Juste vous.

J'aurais eu horreur que mon frère m'ait précédé à l'hôpital. Je ne demande aucun honneur, aucune gratification. Je voulais juste entrer dans la chambre et retrouver intacte l'intimité que nous avons partagée jusque-là.

— C'est Martin. Le petit Martin.

Ton visage s'est illuminé et j'ai eu les larmes aux yeux. Tu étais assis dans le lit, un sourire radieux

214

voulait percer sous le masque qui avait figé tes traits pendant de longues semaines.

Ta mère a passé un gant humide sur ton front.

— Je sais, il fait atrocement chaud, chéri. Tu n'imagines pas le nombre de victimes depuis le début de l'été, c'est épouvantable.

Tu as voulu serrer ma main. Tu ne pouvais pas vraiment, il te restait très peu de forces mais tu as essayé quand même et ce n'était plus l'agonisant qui agrippait mes doigts mais celui qui m'a réveillé doucement un matin d'été pour me dire qu'il s'était passé quelque chose de très triste, celui qui a ouvert les volets et m'a fait asseoir sur le lit, passé une main dans mes cheveux ébouriffés d'enfant, examiné avec tristesse mes yeux encore gonflés de sommeil, mes yeux qui ne savaient pas encore, celui qui a prononcé mon prénom trois fois. Qu'ai-je répliqué ? Ai-je posé une question ? Ou me suis-je tu ? Tu me le diras un jour, n'est-ce pas ?

— Martin a proposé de s'installer avec toi sur la péniche, a dit ta mère. Tu ne peux pas rester seul dans un premier temps. C'est gentil de sa part, n'est-ce pas ?

Ta mère te parlait comme à un enfant. Mais sans condescendance, sans mépris. Juste avec l'amour rassurant d'une mère.

— Et tes études, Martin ? a-t-elle poursuivi. Tu ne fais pas d'études ?

J'ai haussé les épaules.

— Ça va me donner le temps de réfléchir à ce que j'ai vraiment envie de faire. Peut-être que je devrais partir un moment… Nathan, tu me raconteras comment c'était Montréal. Tu me donneras des idées.

Tu as souri et, de nouveau, j'ai eu les larmes aux yeux, je ne me reconnaissais plus. Ta renaissance avait soudain ouvert une brèche que j'avais pris soin de laisser verrouillée jusque-là. Sait-on jamais ce qui nous rend à la vie…

Tu as désigné les vêtements que je portais.

— Oui, je t'ai un peu dévalisé, ai-je dit. Et tu sais quoi ? On pourrait aller à Bénerville tous ensemble ! Ça te dirait de revoir la mer ?

— Comment vont ta sœur et ton frère ? a interrogé ta mère.

— Lily va bientôt accoucher.

— Elle est mariée ? s'est-elle émerveillée.

— Non, pas vraiment. Mais elle est enceinte, ça oui. Et pour Vincent, ça va. Ses livres marchent bien. Il a un fils de treize ans. Mais il n'est pas marié non plus.

— Drôle de génération, a soupiré ta mère. On vous a donné toute liberté et vous voilà tous égarés à ne pas savoir qu'en faire, sinon tout et n'importe quoi… Pas vrai, mon chéri ?

Tu m'as adressé un petit sourire complice.

Nous deux, c'était plutôt bien parti.

Montréal
Le 16 août 1997

Martin,

    J'espère que tu liras cette lettre. Je l'adresserai aux bons soins de ton père. C'est Lily qui m'a dit que tu avais disparu. J'ai peur pour toi, pour tes dix-sept ans aveugles. S'est-il passé quelque chose avec les deux frères ? Ou rien ? Toujours rien que c'en est chaque jour plus insupportable…

    Voilà trois ans que je suis parti et que je ne t'ai pas vu. Tu as dû changer. Je ne sais pas ce dont tu es capable. À ton âge, je n'étais pas très dangereux pour moi-même. Mes fugues ne me menaient pas bien loin. Ma seule fuite, c'était vers ta famille. Mais toi ?

    Je joins à ce mot une carte postale qui ne t'étonnera pas. Un beau tir au-dessus du pont Jacques-Cartier. J'aimerais tant que tu en voies de pareils, j'aimerais tant que tu débarques à Montréal avec Lily et Vincent...

J'occupe le premier étage d'une petite maison sur le plateau. Tu t'y plairais sûrement. On irait écumer les bars du « Village ».

Tu me manques. Lily et Vincent aussi. Ici, je revis mais vous me manquez et cela suffit à me rappeler que j'ai fui moi aussi. Tu vois, je ne t'écris pas non plus par hasard.

La dernière fois que j'ai vu mon père, il ne m'a pas reconnu. J'ai su alors que quelque chose prenait fin. En moi. Jusque-là, la douleur était inchangée lorsque je ressortais de sa chambre. Ça me laissait tellement seul de le voir comme ça, mais voilà — c'était mon père. Et c'était ça ma vie : servir dans des rades pourris et aller le voir aussi souvent que possible. Et puis, il y a eu ce jour-là. Il ne m'a pas reconnu. Il s'était vidé de moi, de nous. Et moi non plus, je ne l'ai pas reconnu. Ce n'était plus mon père. Même sa douce folie s'était éteinte. Il n'y avait plus sur son visage que la vague ressemblance d'un lointain parent que j'aurais vu pour la première fois.

Je suis parti. J'ai quitté la France. Je l'ai abandonné à ma mère. Je l'ai abandonné.

La torture de son visage, je l'ai traînée ici bien sûr. J'appelle ma mère toutes les semaines. Je lui dis qu'un peu de vie a enfin commencé pour moi. Je lui dis que je reviendrai. Mais quand ?

*Pas avant que tu ne m'aies rendu visite. Persuade
Lily et Vincent. Tu as dix-sept ans maintenant. Tu as
voix au chapitre, n'est-ce pas ? Et reviens.*

NATHAN

C'est un brouillon de lettre que j'ai trouvé en rangeant tes affaires.

Tu ne me l'as jamais envoyée.

Vincent fait quelques pas, mains dans les poches. Il se penche vers l'un des hublots et observe le quai sur lequel la nuit tombe.

— C'est toi, l'idée de la péniche ?

— Sa mère m'a filé les clefs un jour à l'hôpital. Reste pas comme ça, assieds-toi. Tu veux boire quoi ?

Vincent s'enfonce dans l'un des canapés beiges.

— Tu as quoi ?

— De la bière. Ou du vin.

— Une bière alors. Lily arrive à quelle heure ?

— Elle ne devrait pas tarder, dis-je le nez dans le réfrigérateur à la recherche des cannettes.

— Tu es installé ici depuis longtemps ?

— Depuis que tu n'as plus entendu parler de moi.

Mon frère reste le regard dans le vide quelques secondes. Je n'aime pas ces moments-là ; il me

semble toujours qu'il a quelque chose de désa-
gréable à m'asséner.

— J'y suis allé, dit-il finalement.

J'imagine qu'il parle de Nathan, l'hôpital.

— Quand ?

— Il y a une semaine.

— Quand même…

— Martin, s'il te plaît.

Je fais un geste de la main.

— OK. Je n'ai rien dit.

Je saisis une bière.

— Tu vas rester ici combien de temps ? demande-
t-il.

Je viens m'asseoir en face de lui, à même la moquette, et je lui tends la cannette. Je bois une longue
gorgée.

— Il fait meilleur ici que sous les toits, pas vrai ?

— Tu n'as pas répondu à ma question.

— Je ne sais pas. Ça dépend de l'état de Nathan.

Vincent soupire. Comme agacé.

Mon frère dépossédé.

Il n'est plus temps de regretter, Vincent.

Tu me l'as laissé, non ?

*

Je ressers Lily et Vincent en vin.

— Vous reprendrez de la viande ?

222

— Avec un peu de riz, dit Lily.

— C'est gentil.

— Elle mange pour deux, c'est normal, persifle Vincent en souriant. Tu as fait ton écho ?

Lily approuve.

— Alors ?

— Une fille.

— Très bien, conclut mon frère en levant son verre. Maintenant, Martin, il ne manque plus que toi.

— Ce n'est pas pour tout de suite, les amis. La France n'a pas besoin d'un papa alcoolique de plus. Il va bien, Gabriel ?

Lily esquisse un sourire puis elle éclate de rire.

— Quoi ? J'ai dit une connerie ?

— Non, il va bien, se reprend Lily.

— Et ça te fait rire ? demande Vincent.

— Expliquez-moi, je crois que j'ai loupé quelque chose, là…

— Je suis méchante, concède Lily. Après tout, c'est un mec bien.

— Tu te souviens…, commence Vincent.

— Oui, coupe-t-elle. Un jour, tu m'as demandé quel était mon rêve le plus cher et je t'ai répondu : dégoter un mec bien. En réalité, je visais un tout petit peu plus haut à l'époque.

— Effectivement, tu es méchante.

— Mais non ! Je parle de moi, pas de lui. J'espérais tomber un jour un peu plus amoureuse que ça. Mais bon, je me prendrai un amant en temps et en heure.

— Quel cynisme, chère sœur…

Je me penche vers Lily.

— Pourquoi t'as fait cet enfant ?

Elle parcourt des yeux le salon.

— C'est peut-être la chose la moins absurde que j'ai faite.

— La seule ? lance Vincent avec perplexité.

— On n'a jamais rien définitivement. C'est peut-être la chose la plus longue que nous pouvons inventer.

Lily caresse son ventre.

— Il lui faudra quelques années avant qu'elle sache se passer de moi. Ça, ce n'est pas absurde.

— Et moi ?

— Quoi toi ? demande Vincent en se tournant de mon côté.

— J'étais là ? Je veux dire, j'ai répondu quoi quand tu as demandé quel était notre rêve le plus cher ?

— C'est Nathan qui a répondu pour toi parce que tu ne savais pas.

— Je lui demanderai ce qu'il a dit alors.

— Tu lui demanderas ? ! s'étonne mon frère, comme saisissant avec exaspération ma énième perche.

— Oui. Quand il ira mieux.

— Parce que tu y crois encore, Martin ?

— Qu'est-ce que tu veux dire ?

— Nathan va s'éteindre peu à peu et un jour sa mère acceptera qu'on le débranche. Demande à Lily, elle voit ça tous les jours.

— Pas tous les jours, Dieu merci, reprend ma sœur.

J'observe Vincent. Je crois qu'à ce moment-là je le méprise. Ça va passer mais là, je le méprise.

— Un café ? suis-je seulement capable de dire.

*

— Quand tu étais petit, tu me demandais toujours pourquoi j'écrivais. Je ne sais pas si tu trouvais ça mystérieux ou aberrant…

Vincent laisse passer quelques secondes. Il boit son café d'une traite.

— Au final, tu ne lis pas mes livres.

— Et avec le recul, tu sais pourquoi tu écris ?

— L'art est la preuve que la vie ne suffit pas, qui disait ça ? Je crois que je me suis mis à écrire parce que je savais que j'allais rater tout le reste.

— Jusqu'où va se loger le narcissisme ! rit Lily avec un air un peu consterné.

J'ai l'impression que mon frère est devenu un bloc de pierre. Bloc de pierre qu'il n'est pas. Mais il a mis un point d'honneur à garder le masque. Je repense au jour où il m'a appris que Nathan était à l'hôpital. Le masque s'était brisé. Je voudrais le retrouver tel. Je voudrais lui dire que sa petite ironie sonne faux, qu'il est vexant de sa part de ne nous servir que ça.

— Nouk m'a dit un jour pour me rassurer : on se fout de la vie ; ce qui importe, c'est ce qu'on fait. Elle parlait de nos livres.

— Qui est Nouk ?

— La femme qui me rassure le plus sur terre.

— Tu prends Jacob avec nous à Bénerville ? bifurque Lily.

— Je ne veux pas vous faire chier…

— Ça ne nous fait pas chier du tout, dis-je. On sera tous ensemble.

Mon frère me regarde avec tendresse. Je lui rends un sourire timide.

Une fois encore, il n'est rien arrivé. Rien que la politesse fraternelle qui consiste à ne pas risquer un mot plus haut que l'autre, la délicatesse de ne pas s'amocher plus que nous ne l'avons déjà fait sans trop nous en apercevoir. Je me demande pourquoi Vincent a tenu à nous réunir puisque aucun de nous n'aura jamais le courage de formuler ce que gueulent nos silences.

— Je vais aller me coucher, les mecs, dit Lily.

Je la retiens d'une main.

— Attends.

Vincent et Lily patientent.

— Il y aura Nathan aussi.

Mon frère et ma sœur échangent un regard sidéré.

— Tu répètes ?

— Nathan sort de l'hôpital. Je vais m'occuper de lui pour le moment.

Lily se rassoit, hébétée. Le regard de Vincent me traverse.

— Voilà. Je voulais juste vous dire qu'il y aura Nathan aussi.

J'ai dix ans et je me tiens immobile au-dessus des rochers. Les vagues cognent avec un acharnement précis et têtu. J'entends Vincent qui gravit le sentier, à ma recherche, suivi sans doute de Lily et Nathan. Je voudrais qu'ils me laissent seul, là où ma mère nous a abandonnés, en haut de cette falaise dont il ne restera peut-être plus rien dans quelques années, pas même cette dernière image : une femme hésitante penchée au-dessus du vide, image dont la mémoire ne m'est rendue qu'aujourd'hui.

Ce jour-là, elle nous a abandonnés. Je veux croire qu'elle savait ce qu'elle faisait.

Un jour, j'y retournerai avec mon frère et ma sœur.

Elle nous verra tous les trois réunis et maman saura que quelque chose d'elle est bel et bien en vie.

Épilogue

Vincent

C'était étrange de nous voir tous réunis à La Viguière. Papa, la mine renfrognée et méfiante, tel que nous l'avons toujours connu. Remo qui, pourvu qu'on entretenait son verre en whisky, semblait suivre les allées et venues de notre petite tribu avec ravissement. Lily que son ventre gonflé n'empêchait pas de tout orchestrer. Martin toujours un œil sur Nathan qui se débrouille chaque jour un peu mieux de son fauteuil roulant et pourra peut-être un jour l'abandonner. Jeanne qui pénétrait notre monde d'un pas circonspect, Jacob la guidant, en terrain conquis. Ana qui n'est pas moins notre sœur que Nathan notre frère…

Nous nous en sommes plutôt bien sortis. Évidemment, chaque silence était adressé à maman. Chaque silence nous ramenait à elle. Nous l'imaginions nous rejoignant sur la terrasse, comme avant, nous suppléant à la cuisine, tendant son verre de vin, armée de ce sourire adorable qui semblait tellement aimer la vie, en dépit de l'ingratitude qu'elle lui a connue.

Il y a eu des rires, nombreux, le rire de Jacob, qu'elle n'aura jamais entendu, les nôtres aussi, à s'ébrouer sur la plage, au pied de la maison, plus si jeunes que ça, sous le regard des deux frères, qui parfois nous accompagnaient rien que pour voir ça, la petite troupe qui dansait dans le vent. Sans elle.

Se peut-il qu'on ait fait tout ce chemin sans elle ? Ce chemin de rien, qui consiste juste à faire ce que l'on peut, avec un trou dans le ventre, devenir qui l'on croit bon devenir, avec cet enthousiasme gris, cette joie toujours rattrapée par un regard lancé au ciel et laissé sans réponse. On aura beau dire, nos constructions hasardeuses ne parviennent pas à se passer d'elle. Combien d'années après ? Ce verre de vin que nous partageons avant le dîner, tandis que le soleil décline et colore la plage d'une lueur violette, comment se peut-il qu'elle ne soit pas avec nous pour le boire ?

Le vide est intact. Seule l'étoffe s'est un peu épaissie. Qui le dissimule. L'amour de mon fils me tient debout. Mais le vide est là. Qui m'oblige à me répéter souvent, comme pour m'en persuader, qu'elle n'est plus là.

Il faut du courage et de l'amour autour de soi pour aimer la vie maintenant. Aimer la vie entre sa disparition et celle qui nous tend les bras à tous.

Il y a dix ans encore, j'étais écrasé par l'ennui.

Comment dire l'urgence — dont je ne sais bien souvent pas quoi faire — qui me presse aujourd'hui ?

Nous inventons la vie dans l'urgence depuis que nous savons.

Est-ce cela qu'on appelle l'âge de raison ?

— On vous attend pour passer à table, ai-je dit à Lily.

— Il y a un problème.

— Quoi ?

— On ne sait pas qui installer dans la chambre de maman.

— Je croyais qu'on s'était entendus pour ne pas l'occuper ?

Ma sœur n'a rien répliqué.

— Je peux entrer ?

Elle s'est retournée, lançant un coup d'œil vers Martin qui était assis sur le lit de maman, tête baissée.

J'ai fait quelques pas dans la pièce et je me suis penché vers mon frère. J'ai respiré son haleine avinée. D'une main autoritaire, je l'ai forcé à relever la tête.

— Tu es ivre.

Martin m'a fixé sans ciller.

— Tu bois depuis quelle heure ?

Il n'a pas répondu.

J'ai baissé les yeux. J'ai vu l'urne entre ses mains.

— C'est quoi ça ? a-t-il demandé d'une voix agressive.

J'ai adressé un regard agité à Lily. Visiblement, elle avait déjà répondu à la question. C'était à mon tour de m'en expliquer.

— On les a gardées pour le jour où on pourrait décider tous les trois d'un endroit où les disperser.

Martin était dans un état second, raide et calme pourtant.

— Elle n'avait rien dit ?

— Elle voulait être incinérée, a dit Lily. C'est tout ce qu'on savait.

Martin s'est mis à ouvrir et à refermer l'urne. J'ai craint à un moment qu'il ne l'envoie se fracasser contre le mur.

— On va aller en haut de la falaise, a-t-il dit.

Un silence épais s'est installé.

— Quoi ? Vous comptiez organiser une soirée pour dresser une liste et procéder à un vote démocratique ?

— Martin, arrête ! On voulait juste que tu sois en âge de partager ça avec nous !

— Je dois te remercier ?

— Putain, pourquoi tu es comme ça ?

235

— Tu devrais aller t'allonger un moment, a dit Lily.

— Je vais m'installer dans la chambre de maman avec Ana, a-t-il conclu sèchement. Et demain, on ira en haut de la falaise. C'est là qu'elle est. C'est là qu'elle a voulu mourir. On se fout de ce qui est respectable. Maman n'était pas une femme respectable. Il faut être digne d'elle.

Martin a fouillé sa poche. Il en a extrait l'alliance de maman et l'a abandonnée dans l'urne. Il s'est levé et l'a emportée avec lui d'un pas chancelant.

Lily pose le plat de crevettes sur la table. Elle frissonne.

— Tu veux que j'aille te chercher un pull ? propose Ana.

— Ne bouge pas, j'y vais. Servez-vous pendant que c'est chaud.

— On aurait dû dîner à l'intérieur, dit papa. Vous ne voulez jamais m'écouter.

— Ça va très bien comme ça, répond Lily et elle disparaît dans la maison.

Jeanne nous sert. Je fais passer les assiettes.

— Martin, ton assiette ! dis-je avec impatience.

Il sursaute légèrement et tend son verre à Remo en me défiant du regard.

— Tu devrais manger, dit Ana.

Il fait semblant de ne pas entendre.

Je me tourne vers Jacob.

— Tu pourrais goûter cette fois.

Jacob hausse les épaules. Plus je regarde mon fils, plus je crois retrouver Martin au même âge. La même mine timide, et ces cernes dont on a l'impression qu'elles le tiennent toujours aux aguets.

Lily vient se rasseoir avec nous.

Martin passe une main sous la table et pose l'urne à côté de son assiette dans un claquement sec.

Les corps s'immobilisent.

On n'entend plus que le vent dans les arbres. Assourdissant.

Il lève son verre.

— Une pensée pour maman !

— Arrête, dis-je entre mes dents.

Martin nous observe les uns après les autres.

— Quoi ? Vous ne voulez pas trinquer ? insiste-t-il en accrochant quelques mots au passage.

Le regard de papa nous traverse tous, comme emprisonné dans la pierre. Les poings de Remo se sont figés sur les couverts.

Martin boit son verre d'une traite.

— Papa ! dit-il en fixant notre oncle. Tu ne trinques pas ?

Martin grimace dans un sourire mauvais et désespéré, il se met à crier :

— Mon petit papa, tu as honte de ton fils ? C'est ça ? T'as honte de moi ?

Je me lève de table et me précipite vers mon frère.

Je l'agrippe et le force à se lever.

— Lâche-moi !

Je hurle à mon tour :

— Tais-toi ! Tu es ivre mort !

Martin se débat. La chaise s'effondre, je retiens le corps de mon frère qui bascule en arrière.

— Lâche-moi ! répète-t-il.

Brusquement mon frère cesse de s'agiter, haletant. Je continue à le serrer entre mes bras. Son regard se tourne vers Nathan qui suit la scène en silence.

Martin finit par se redresser en se tenant à la table. Son dos voûté vacille un instant. Je replace la chaise. Il se rassoit.

Les lèvres serrées, il contemple successivement le visage de papa et de Remo. Il incline la tête dans un profond soupir. Des larmes perlent sur ses joues. Du revers de la main, il les fait disparaître.

— Qui m'accompagne au karting demain ? interroge-t-il la voix tremblante. Jacob, ça te dirait ?

Mon fils m'adresse un regard plein d'inquiétude. Il ne sait pas s'il est autorisé à se réjouir. Je vais me rasseoir à côté de lui.

— C'est bon, dis-je. Jacob viendra avec toi.

Remo repose les couverts et se penche vers son assiette. Les yeux de papa remontent lentement vers nous.

— Vous serez prudents, n'est-ce pas ? lance Lily.

Martin nous dévisage avec tristesse.

— On ne peut pas se renverser en kart, murmure-t-il comme pour lui-même.

Il reste les yeux dans le vague, puis il contemple la balancelle où maman prenait tous les soirs son verre de vin pour l'apéritif. Nous suivons tous son regard.

Il se tourne de nouveau vers nous.

— Bon appétit, dit-il.

Si seulement les morts pouvaient conclure.

DU MÊME AUTEUR

Aux Éditions Verticales

LES YEUX SECS, 1998

L'INVENTION DU PÈRE, 1999

LA ROUTE DE MIDLAND, 2001

LES VIES DE LUKA, 2002

EXERCICES DE DEUIL, collection « Minimales », 2004

SWEET HOME, 2005 (Folio nº 4540)

LA DISPARITION DE RICHARD TAYLOR, 2007

À L'École des loisirs

MON DÉMON S'APPELLE MARTIN, 2000

VENDREDI 13 CHEZ TANTE JEANNE, 2001

JE SUIS UN GARÇON, *Illustrations de Françoiz Breut*, 2001

LES CHOSES IMPOSSIBLES, 2002

FAITS D'HIVER, 2004

LA VIE PEUT-ÊTRE, 2006

JE SUIS LA HONTE DE LA FAMILLE, 2006

NOUS NE GRANDIRONS PAS ENSEMBLE, 2006

LA CINQUIÈME SAISON, 2006

COLLECTION FOLIO

Composition Floch.
Impression Société Nouvelle Firmin-Didot
à Mesnil-sur-l'Estrée, le 30 avril 2007.
Dépôt légal : avril 2007.
Numéro d'imprimeur : 85002.

ISBN 978-2-07-034447-5/Imprimé en France.